—————— 阅读之前 没有真相

午 夜 文 库

当我打开辅导员宿舍的门，看到的却是教务员

马龙先生 著

5	第一章	仅仅是弄丢了手机而已
35	第二章	相亲雨夜里的保时捷
68	第三章	来自未来的回复
91	第四章	就业方向是YouTuber
120	第五章	被害人是……大体老师！
149	第六章	告白，未遂
171	第七章	解梦
201	尾　声	

出场人物

学院／书院

主管教学工作副主任：周建兴老师

主管学生工作副主任：邓芳老师

教务员：董宽老师

现任辅导员：彭冬晴老师

人事秘书：图老师

实验员：刘老师

本科班级

现任班长、前任副班长：杨雪枚

素拓委员：劳爱勤

宣传委员：周子懿

前任班长：王施涛

闺蜜两女生之一：陈玥

闺蜜两女生之二：劳水飞

家境贫困学生：王志

推理小说爱好者、推协会长：丁甲

擅长推理的学生：温究一

就业困难学生之二：易爽
就业困难学生之三：商舒蕙
就业困难学生之五：苏畅
同宿舍室友之一：张杰善
同宿舍室友之二：黎智锋
同宿舍室友之三：梁飞帆

其他人员
前任辅导员：温馨羽
任课老师：徐老师
研究生：于和义

现在，婚礼上
二〇二三年五月，坐在副主席台的某人

"……陈联婚！再次欢迎大家的到来！"

——主持人刚说了什么？是不是听漏了新郎的名字？

他暂时放下正在翻看的笔记，望了望台上。

没所谓了，新郎看上去不认识，不知道会不会是以前的学生。多少有点恍然，此时坐在副主席台上的他在想。

大概是因为不自在吧，同一桌上似乎没有认识的人。台上的主席桌是一对新人的家人和亲戚，副主席台则是新人过去的老师和现在工作单位里的领导。与他同桌的老师多数是新人高中时期的教师，大学时期的似乎只有他自己一人，而且只有女方叫来了大学时期的老师。

"想必您对新娘一定有莫大的影响力吧。"简单寒暄后，同桌的其他老师这样说道。

"好年轻啊。"又一句令人尴尬的问候。

"我只是新娘大学时的辅导员而已。"他只能附和道，也没必要多说。

台上的屏幕开始播放一对新人的合照，他看几乎都没有在大学里面的，那看来两人应该不是大学同学，大概是工作后才认识的吧。

他又重新翻看起笔记。

"还在工作呢，老师。"旁边一个八卦的人过来搭话，可能也是不想看无聊的婚礼PPT。

"啊，没有。"他合上笔记本，赶忙解释道，"只是今天见了很多许久不见的学生。"

"哦哦，大学的辅导员还是很忙的吧，虽然不用教书，但是其他杂七杂八的事也很烦对吧……"那个人还在喋喋不休。

"其实，我现在已经不是辅导员了。"他想尽快打断这段对话。

"那真的是很辛苦呢……"

他笑了笑，没有再回应，然后又翻开了笔记本。每个他能认得出来的学生都已经找他们聊过了，有的人认出他来了，也有人主动过来找他聊天。收获不浅呢，今天。

再看一遍，好好回忆下今天跟大家说过的话吧。时间不多了，不要再理会旁人，他决心埋头再好好看看上面的笔记，能让自己尽量多地回忆起以前。

就是这样，他才没注意到。

此时，有一双异常的眼睛正在注视着他。

现在，婚礼前

被访问人：杨雪枚

老师，好久不见了呢。现在想回来，真是辛苦老师了呢。

老师现在……不对，还是先向老师汇报一下我自己的情况吧。研究生毕业之后我就去了卫生部门上班，嗯，算是公务员的工作。企业其实也挺好啦，但老师您知道我是女生嘛，还是希望有份稳定的工作。企业的工作强度还是高了一点……

其实跟担任过班长没有太多关系啦，当时也是抱着试一试的态度去找的工作，但还是得亏有这段班干部的经历，好像这是个报考公务员的基本条件之一。

……

和以前的同学吗？联系不算多，除了几个比较好的朋友外。今天我也见到了很多几年没见的同学呢。

也多亏了陈的婚礼，这些年来，大家终于有了可以聚一聚的机会。

没有同学聚会是吗？这确实是我这个班长的失职，但也确实叫不上人呢。老师，您也应该明白，其实大学时期的班长，跟中小学时的还是不太一样。不仅仅是班长这个角色吧，而是"班级"这个概念，在大学里都是很模糊的，对于大学的班级，大家其实都没有多少归属感。一般大学生只会介绍"我是什么专业"的吧，很少见有人说自己是哪个班的。更不用说班长了。

而且我是到大三因为前任班长不干了才转正的，恐怕现在已经没几个人记得班长是谁了吧，哦呵呵。

……

老师您可别这样说，我其实没有做什么啦，都是老师们带着我们在做。不是阴阳怪气的客套话啦，是事实，老师，这是事实。我的确做得不算好，不知道跟我自己本身有无关系。似乎从我转正的那一晚班会开始，一直到最后毕业的时候，整个班风都不是太好。

第一章　仅仅是弄丢了手机而已

二〇一五年九月

（一）

一颗篮球划出怪异的弧线，明显地偏出原目标的篮筐后，径直朝我飞滚而来。

"喂！同学，帮忙捡一下球！"球场上有声音朝我吆喝道。

——同？

——学？

我听到的全是这个令人恼火的词。

难道我看起来不像老师吗！

我头也不回地走开。

我开始体会到以前看到年轻的老师在学校里被错认成学生的尴尬了。刚才进门时也一样，给门卫看了教职工的证件，他居然还露出一副难以置信的样子。如果在别的场合，被看成嫩小子也就算了，现在我当了老师，还是被当作学生，换谁都不会高兴。

我，现在是新入职的辅导员。辅导员是老师，也是教师。

且不论先生而为师，辅导员也是传道授业的人，是当之无愧的师者。

你居然当我是学生，还让我帮你捡球？

我把头抬得高高的，迈出更大的步子，越离越远。

随即身后传来长鸣的哨响。

混杂着各种各样欢呼雀跃的喧闹之声伴随而来。

呼——呼——呼——

（二）

长鸣的铃声。伴随着各种各样喧闹的脚步声。

呼——呼——呼——

晚上上课的铃声响起。今天是我上班的第一天，但总是有这种不愉快的声音。

第一天上班就要加班，而且还是晚上。开学都九月了，今晚听说还会刮台风，我还想着早点回家呢。不是说在大学里上班是很轻松的吗？

我挠着头走进今晚班会的教室。

里面已有好几个学生在等了。两三个看着像班干部的学生正在搬凳子，难不成晚上除了班会还有其他活动？都大学生了，该不会还玩一些很尬的游戏吧……

"我说那边的男生，你们就好意思让只有一只手的劳爱勤来搬凳子嘛？"朝着几个闲坐的男生喊话的就是此次班会即将任命的女班长，名字好像是叫杨雪枚，今天我在办公室报到的时候，在W社交软件上加的第一个学生好友就是她。

顺便一提，智能手机已经越来越普遍了，学生们似乎都喜欢用一款叫W的社交软件，这款软件不仅可以聊天、发照片，还有支付、检索等功能，让大家扫描手机上的二维码就能实现转账，所以特别火爆。为了可以更好地接触学生，学院也很早就申请了一个公用的W软件账号，专门用来加学生好友。还好不用私人账号办公，我这样想。

"这又不是什么很难搬得动的桌椅。"被女班长这么一喊，两个开始帮忙的男生挤到我前面细声地说了句。

那个"只有一只手"的女生当然不是天生残缺的只有一只手臂，只不过她的左手打了石膏捆着绷带，可能是因为什么事情受伤了。桌椅其实也不难搬，这里是活动教室，桌椅下面都装上了轮子，方便挪动，腾出适合各种活动的空间。

"这些桌子都搬到旁边去，中间留一张桌子就好了。坐的椅子等大家离开的时候再各自搬好。"女班长继续吆喝道。

这里就可以看出女班长是个什么样的人了。也正是这样喜欢控制一切的人才适合做班长。

"啊，老师您来了！"她看到我了。

"您先坐会儿。我来介绍下，他们俩也是班干部。劳爱勤是素拓委员，周子懿是宣传委员，目前班干部就剩我们仨了。"她向我介绍道。也就是说单手打着石膏的女生是素拓委员，大概是负责组织活动、收发材料的那种职位；另一边慢吞吞在推椅子的男生是宣传委员，大概是收集班级素材、帮忙做海报做视频的那种吧。

他们俩也向我微微点了下头。

"手没大碍吧？"等素拓委员靠近我的时候，我体贴地问了下。看着是个穿着连衣裙、落落大方的长发女孩，应该也不难相处。

"谢谢导员关心,没什么大事,前几天打球不小心摔倒的。不影响。"换来的只是素拓委员面无表情的回答。

"辛苦你们布置了。"我只能客套地说。我总不能亲自下手帮忙搬吧?

"没事,主要是今晚其他教室没法借了,这间房平时比较少人借,只能借到这里了。搬这个嘛……他们非要开班会来收,我也没办法。"

——收什么?

后半句她故意说得很小声,我也听不清楚。如果说女班长是个较真、有一定控制欲的人,那么素拓委员则更给人一种逞强、不服输的感觉。打着石膏也要组织班会的女生班委,想想都可怕。

借不到其他教室应该是因为台风吧,今天下午第一次到学院办公室报到的时候听教务员提到了因为台风停课的事情。明天可是我的第一个教师节,看来要被这台风毁了。我看了看微微打开的窗户,听着开始猎猎作响的风声,心想这里难道不是更危险吗?

今晚班会所在的房间位于新学生宿舍楼的最高层,从外立面造型上看,是一个向外突出的悬空设计,即垂直来看,这个房间下方是直达地面的,没有其他楼层,就像那种景区的空中玻璃吊台一样。听说这几栋新盖的楼都是出自某高校知名建筑设计团队之手,我在心里冷笑了一下,是够标新立异的。

不久,班里人都到了。下午报到的时候我也拿到了全班的名单,一共三十八人,看下去,大概有几个人没来。房间摆成了一圈椅子围着中间一张桌子的样子,我习惯性地环视了一下,基本上所有人都是二三成群地坐在一起,只有两个人例外,一个是素拓委员,另一个是个看上去有点瘦弱的男生。辅导员的入职心理课程上有教到,在班级中,一般独处的学生,要么是比较有个性的独行派,要么就是被孤立。从这个学生全身简朴甚至显得有些破烂的衣着来看,他明显是属于后者。

离毕业还剩两年呢,这个班级。

怀着各种不安的想法,在学生的掌声中,我站上了讲台。

(三)

第一个教师节的上午,来到办公室后我立马瘫在桌面上。

"怎么啦,彭老师?"教务员董宽经过,拍了我一下。

"没事,只是昨天太累了。"我实话实说。

"昨天不才第一天上班嘛,咋就累倒了?"好像勾起了董老师的好奇。

"不是开班会吗,昨晚?"坐我旁边工位的图老师说道。她是学院的人事秘书。

"班会开到很晚吗?"董老师打趣说。在我听来,话中之意更多是幸灾乐祸而非同情。

——其实我很早就走了。

这样的话想了想还是没有说出口。很快好事之人就被其他工作带走了,没有再追问。但我回想起昨晚,还是觉得累由心生。

我的确很早就走了……但到了很晚的时候,我又被叫了回来……

大学辅导员是要求二十四小时在线的。虽说如此,实际上除了深夜学生发病或者很罕见的情绪问题外,都不会有什么大事，多数时间还是清闲的。我依稀记得以前的师兄是这样说的。

但我第一天上班就遇到了深夜加班，而且还是解决不了的难事——

我在被女班长邀请讲完话后，就借口有工作安排离开了。所谓讲话其实就是客套说几句，后来的一切都怪我最后把公用的 W 账号共享了，还说了"欢迎大家随时联系我"的屁话。

后来陆续有学生申请添加好友，甚至有人给我打来了电话。这也是 W 软件受人欢迎的原因，可以联网直接打语音或视频通话。

"老师，劳爱勤的手机被偷了！"电话那头是这样说的。

糊里糊涂的我赶回到刚刚开班会的活动室时，那里只剩下素拓委员和那两个打电话给我的女生了。大体的经过是，班会结束后，所有人都离开了，素拓委员在做善后收拾时突然肚子绞痛想上厕所，于是把手机留在了活动室里。据她本人所说，离开房间之前，大家都已经走了，她还把门锁打开了，以防门被关上。（见图一）

活动室的门锁并不特别，从外面需要用钥匙打开或者上锁，从内可以直接打开，要上锁的话则可以扭动把手直接上锁或者用钥匙上锁。等素拓委员上完厕所准备回房间拿手机走人的时候，她却发现门被锁上了。一时间她有点惊慌失措，因为她明明记得刚才自己绝对没有锁门。从宿管阿姨那里借来的钥匙放在左边的裤带里，因为左臂打了石膏，她费了一会儿劲还是没有把钥匙拿出来。刚好那两个女生——好像是叫陈玥和劳水飞——在不远处的走廊上聊天，素拓委员喊了她们过来帮忙拿钥匙开了锁。房间里跟之前没有什么变化，唯一的不同是原本放在中间桌子上的手机不见了，三个人把房间找了个遍都没有

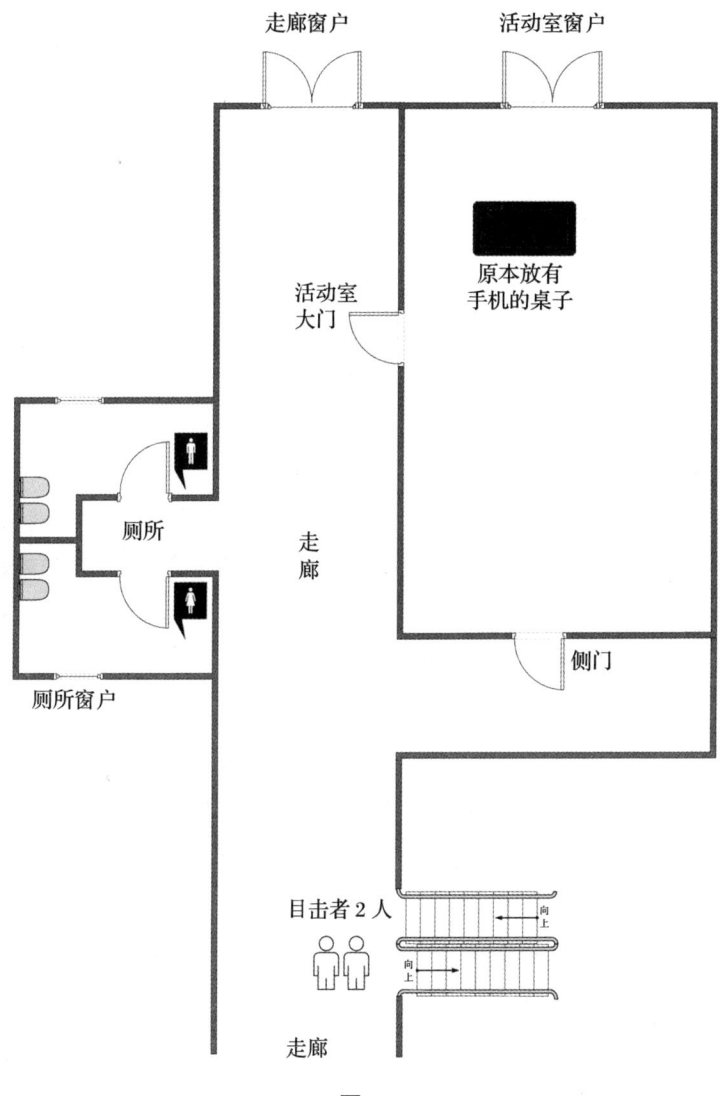

图一

找到。

房间里唯一的窗户大开着，斜对向有一扇不起眼的侧门则是虚掩着没有上锁。偷手机的人想必是从这两处出入口的其中一个离开的。

如果从窗户离开，那就很离谱了，房间是悬空设计，窗户外是二十多层楼高的落差，除非偷手机的人能像鸟一样飞走。

如果从另一扇侧门离开，倒是可行，似乎第一次来的素拓委员和两个女生都没留意到还有侧门。但有一个问题，就是一直在走廊上聊天的两个女生可以做证，在大家离开之后没有人再折返回头，也就是说偷手机的人即使后面可以从房间离开，但也没办法在此之前进入房间。

"绝对没有人经过！我只闻到厕所飘过来的味道，实在是太臭了，我有鼻炎都能被熏到。"两人斩钉截铁地做证。

"不可能是我。我都已经把厕所的窗打开透气了。"素拓委员不好意思地说。

——这样的事情，叫我回来也没用啊！

我很想这样喊一句。

就这样耗了我一晚上的时间，又把房间里外找了一遍。

结果自然是无功而返。丢了手机找辅导员有什么用嘛。但当我提出报警的时候，素拓委员又说算了，不想把事情弄大。

"那昨晚收的钱怎么办？"

女班长在学院办公室差点叫起来，令董老师和另外两男一女正在办事的学生也凑了过来。我只好把昨晚的事情说出来了。

"老师，为什么昨晚没有把这件事告诉我呢？"她居然反问起我来。

"当事人都叫我不要宣扬了……而且,收什么钱?"我很疑惑地问。

"老师……"班长支吾了一会儿,终于说了出来——原来昨晚在我离开之后收了班费,而且还特意不让我知道,是因为希望给新来的辅导员老师,即我,买一份教师节礼物。

"哎,早知道我来收了。劳爱勤的手机已经不是第一次弄丢了,去年在旁边N大学出游的时候她就弄丢过一次,我记得很清楚,当时游戏开始不久后她的手机就不见了,最后大家一起帮她找,找到大晚上,最后才发现是她自己弄丢在了最开始集合的草坪上。她把钱包和手机放在同一个裤袋里,找钱包的时候不小心把手机掉了出来。这家伙做起事情来还挺粗心大意的,班委换届的时候其实应该……"

N大学,位于我现在就职的G大学旁边,是我的母校。学校里面有一块大草坪,经常有其他学校或者社会上的人进来活动。整体来说,N大学要比G大学差上不少,这也是我今年毕业后没有留在母校工作的原因。大学生就业时,选择好的平台和选择好的岗位同样重要,我当然两者兼顾,除了学校平台,我选择的辅导员岗位也要比董老师这类型的纯管理岗要好一些。

"这样说不合适吧,班长,劳爱勤是因为当时搬过去的水派完了,自己没水喝想去买水才掏钱包的。"打断班长话的女生似乎是素拓委员的好友。

"哦,当时是搬的办公室的矿泉水吗?"董老师也插了一句。

"好像是。"

"那就对了,箱子上标的数量跟里面实际的数量不一样,还亏是专供我们学校的水呢。"董老师笑了笑。

"别扯远了,老师,那收的班费怎么办?"班长依然气冲冲。

"这个倒是不用担心，新班长，昨晚用的是 W 软件的群收款功能，又不是收的现金，只要重新登录收款人素拓委员的 W 账号就能找回来了。即使手机卡跟着手机丢失了，到运营商那边补办一张卡就能用了，只是时间问题。现在真正的问题，难道不是应该找出偷手机的人是谁吗？"一个男生冒出话来。

"你已经知道'犯人'了吗？！"另一个胖点的男生也兴奋地搭了上来。

"啊，'犯人'什么的……是不是说得太过了……"我说。

"这可是盗窃呢，老师。不只是手机。"女班长也不松口。

"啊，我知道了，'犯人'！"那个女生也喊道，"'犯人'就是王志！"

"王志是谁？"我小声问董老师。

"不是吧，彭老师，还没认齐学生呢。"董老师笑着说。

"我才来第二天……"

"王志是个怪人，性格孤僻，所以大家也不喜欢靠近他。而且关键是，老师，他来自很穷的农村地区，家里很贫困的，就连智能手机也没有。"那个女生解释道，"所以这就是关键。大家想一想，劳爱勤的手机是有密码的，我肯定，自从去年弄丢过了一次，她后来特地设了密码。就连我都不知道的密码，'犯人'知道的可能性很小吧，所以即使偷了手机也没有用。那么，'犯人'就是不知道能用 W 软件群收款的人，也就只有王志了。大家还记得吧？昨晚说要收班费的时候，王志是拿了现金过来交的，当时还被其他人笑说'什么年代了还带现金'，结果他一生气就走掉了。你们都看到了对吧？"

王志，看来就是昨晚那个自己一个人坐着的学生了吧。

"这样恶意揣测……"我想说……

"是不准确的哦。"最开始提出要找"犯人"的那个男生接过我的话说,"你解答的切入点不错,但是你忘记了吗,王志被气走了,然后素拓委员确认过大家都已经离开房间后才去厕所的,而且当时唯一出口的必经之路——走廊,有两个人看着,她们确定没有人经过。那么,你口中的'犯人'王志是如何返回房间的呢?"

"对哦,不可能做到吧,这是个'监视密室',对吗!"另一个胖男生异常兴奋。

"那你说'犯人'是谁?"女生反问。

"我没有说你的推理是错的呀。我认可你的'动机'推理,要不然'犯人'偷手机是无意义的。但是要怎么回答我提出的问题呢?其实很简单,我们再仔细看看两个目击证人的证词——'确定没有人经过'。"男生竖起一根手指说道。

"这句话有什么问题吗?"

"没听出来吗?关键就是确定没有'人'经过啊。因为两个目击证人歧视贫穷的王志,没有把王志当'人',所以王志从她们身边经过返回活动室的时候,她们才会说没有'人'经过,哈哈哈。"他大笑起来。

"有趣啊,是'叙述性诡计'吗?"另一个胖男生也附和笑道。

——他们在胡扯什么啊……

"你们认真的吗?"班长和女生都向他们投去不可描述的鄙夷目光。

"当然……不是啦。呵呵,像这样低俗的叙诡我连自己都说服不了,而且像叙述性诡计这种无视公平性的解答,也绝对不可以用于最后的真相揭露。我只是看到气氛有点凝重,开个玩笑而已。不过，王志作为'犯人'，还是有办法返回房间的。王志是在农村长大的，想必很擅长爬树吧。他离开房间后，只需要爬到上面的通风管道藏起来，等大家都离开后，再顺着管道爬进房间，或者从侧门那边下来，从侧门进去，最后再从侧门出来离开即可。锁上靠近厕所的门当然是为了在偷手机的时候不被人打扰了。"

男生再次竖起了手指。

"不对吧。"董老师打破了沉默，"走廊上面的通风管道应该积了很厚的灰尘，目击者之一的陈玥有鼻炎，如果你们所说的'犯人'真的爬到上面去，肯定会弄掉不少灰尘，厕所的屎臭味都能闻到，那么灰尘也一定能飘过来。彭老师，陈玥当时有打喷嚏之类的吗？你好像没有提到。"

"好像没有。"我回忆了一下。

"还得是老师啊。我承认上面两个解答都是开玩笑的，不过现在我要给出真正的解答了。"男生自信地说。

"第三重解答！"另一个胖男生狂热地叫道。

气氛是不是更加奇怪了，我想。

"刚才虽然是玩笑，但还有部分结论是可用的。'犯人'的确擅长攀爬，但不是爬到天花板的通风管道上，而是爬上天台！'犯人'不是从侧门离开的，而是从那扇大开着的窗户离开的！班会房间正好位于最高一层。'犯人'离开之后，上到天台，固定好一根绳子，再放下来到窗户的位置，这样就可以从窗户自由出入了。'犯人'从天台顺着绳子下来，得手后再攀着绳子往上爬离开，真是个简单又实用的诡计。正常人在这种台风天是绝对不敢这样做的，但是擅长攀爬、出身贫苦的'犯人'肯定什么都做得出来。"

我听得目瞪口呆,但突然想起什么:"这个解答也不正确。昨晚刮台风,宿管阿姨已经把天台的门锁起来了,'犯人'没办法去天台啊。"

男生有点意外:"那就不是房间到天台,不是往上爬离开,而是往下……先从下面一层爬上来,再从下面一层离开……依旧是从窗户出入……"

"你也该发现这是不可能的了。那间活动室是悬空的一层,往下是没有房间的。"董老师反驳道。

一轮分析下来,男生有点丧气。

"没有关系呢,已经有三重解答了,很精彩啦。"另一个胖男生倒是依旧兴奋。

不知道是不是受了他们的刺激,我的脑袋也开始动起来:"如果不是上,也不是下,而是左右水平移动呢?"

"老师要给出第四重解答了吗!"另一个胖男生反而异常亢奋。

"也不是……只是突然想起来,我好像记不起当时走廊尽头的窗户是开还是关着的了。如果是开着的,那么'犯人'是不是可以把两扇窗户都向外展开,然后就能形成一个藏身之处和通道。"(见图二)

"老师,果然不错嘛!"男生吹嘘起来。

"有什么事情吗?"

此时,学院领导周副主任来到办公室,看到我们一群人围在一起,便问了一句。我连忙说"没什么,没什么",见状董老师便走开了,学生们也准备离开。

临走前,女班长回头问了我一句——

"老师,这就是真相吗?"

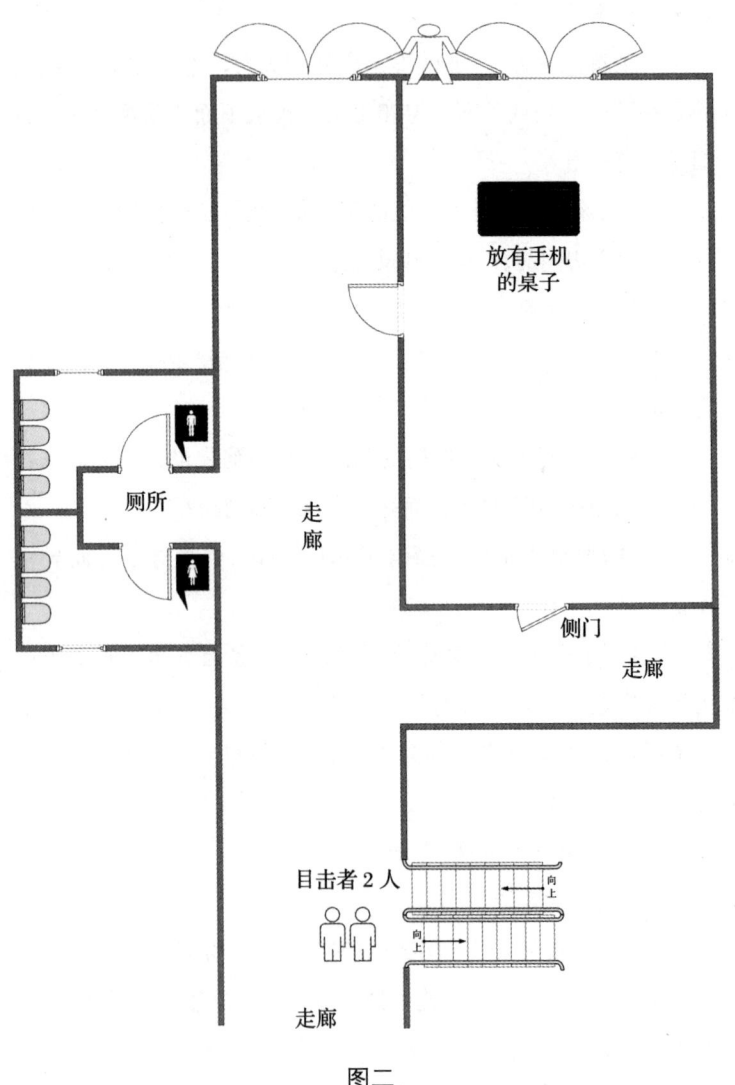

图二

我不知道是点头承认学生是"犯人"好呢，还是摇头说自己刚才是乱说一通的好。

(四)

午休的时候，我们又聊起了这件事。

"学生之间的问题真的是无论什么年代都这么严峻呢。"图老师叹了一声，然后进房间休息了。办公室里只剩下我跟教务员董老师。

"霸凌、歧视的问题是永不过时的。"我也跟着说。

"不过彭老师，穷，能成为被歧视的原因吗？"董老师突然问我。

"这当然是不对的……"我赶忙回应。

"如果是做了什么错事，伤及他人，那确实应该被看不起。但如果只是看不惯某人，就对他做出各种揣测，那么这就是实实在在的歧视了。彭老师，刚才你是不是也这样做了呢？"董老师突然质问我。

"什么……意思？"

"你还是认为上午自己最后说的就是真相吗？"

"不对……呃，但又……"一时间董老师的质问和女班长最后的疑问重叠在了一起。

"还是说你其实也希望学生是盗窃的'犯人'？"董老师继续质问道，"原本我们岗位不一样，我不应该多嘴。但是大家是同事，我又觉得有必要提醒你一下。身为辅导员，不，身为大学老师，难道第一直觉是怀疑学生吗？彭老师，我是管理岗位的，但你不同，你是辅导员、思想教育教师岗，你应该全心全意为学生着想，为学生解决问题，而不是把问题归于学生。正是因为你的出发点不在学生身上，你会不会甚至在希望学生犯罪？我不知道你费了多少脑筋才想出来上午的解答，但是这对一个应该维护学生利益的辅导员老师来说还远远不够。所以你说的'真相'也不对。"

我待在原地说不出话来。其实我也没有董老师说的那么失职吧，但一下子我也产生了些内疚感。

"啊！是哪里不对呢？"突然从角落冒出一个声音。是上午两个男生中经常兴奋欢呼的那个胖男生。

"你怎么来了？"我问。

"老师，我还是很在意上午的解答，正巧我来了，董老师是要给出新的解答了吗？"男生依然异常兴奋。

"董老师，我也想知道。"我也看向董老师，像个提问的学生一样。

"彭老师，你所说的乍看之下可行，但还是没能解决两个根本的问题。"

"根本的问题？"

"第一个问题是手机失窃。上午你们做出的众多解答中，都是为了迎合所谓'犯人'怎么进出房间的难题，但实际上对于最根本的'为什么偷走手机'却简单带过，你们认为'犯人'不知道班费是用手机软件收的款，但是只要一进入房间就能发现没有什么现金，只有一部设了密码打不开的手机。那么对于'犯人'来说，还有必要拿走手机吗？手机如果不见了，那么失主就会到处找，这样对自己反而更加不利。可谓偷鸡不成蚀把米。

"第二个问题是，既然'偷手机'变得无意义了，那么还把门锁上做什么呢？这不是也在摆明告诉别人，房里有其他人吗?"

"董老师你解决这些问题了吗?"男生问。

"彭老师,你扪心自问,你真的相信这些学生吗?"董老师无视男生,看着我。

"我……"我说不出话来。

"董老师!"男生已经按捺不住了。

见状,董老师把对我的气势稍微收敛,接着解答:

"这两个不自然的问题,有两个截然不同的答案。有一个是出于某种动机故意做的,另一个则相反,是偶然形成的。"

"偶然?是什么?"男生追问。

"彭老师,你有车吗,小汽车?"

"啊?呃……还没买……"我再次被问得有点蒙。

"那难怪你不太清楚。一般开车的时候,如果你想快速把车内的空气散掉,你会发现只打开一扇车窗是没有太好的效果的,一般要同时打开对向两扇车窗,最好是斜对的,比如主驾驶和右后座。相当于有小型的穿堂风。彭老师,试想一下,在你的解答中,走廊尽头的窗户应该是开着的,没记错的话,素拓委员上厕所的时候也把厕所的窗户打开了吧,那么此时岂不是就会形成一股穿堂风?我这样画出来,就这道线,明白了吗?"(见图三)

看着董老师的图,我点了点头。

"是穿堂风嘛!"男生差点叫了出来。他如果再兴奋点,我真怕会把在旁边房间午休的其他人吵醒。

"这就很奇怪了,这股穿堂风理应把厕所的味道都带走了,那么两个女生闻到的臭味是从哪里来的呢?"

"啊,对哦。"男生不断地点头。

"既然臭味没有被吹到外面，说明这扇窗户应该是关着的，也就是说彭老师的解答不对。这个时候我们先回到第二个问题上，门被锁上了，这个怎么都不可能是偶然形成的，那么必定有人上的锁。这个人是从哪里来的呢？前面我们忽略了一个地方，那就是厕所。这个人假装离开班会后，躲进了厕所里，然后等所有人都离开，看见素拓委员落单，不，是去上厕所这个更好的时机，从厕所回到了活动室。因为素拓委员把门虚掩上了，那么这个人进活动室的时候，必然要打开门，这时候彭老师你猜形成了什么？"

"难不成也是……穿堂风？"

"没错！温差越大，风速越劲，从结果来看，应该是一股从厕所刮向活动室的风。当时手机在桌子上，而活动室的桌椅下面都带有轮子，就这样，在这股穿堂风的推动下，桌子向着窗户移动并最后撞到窗边的墙，碰撞的刹那在惯性的作用力下，手机从窗户掉了出去，窗户也因为穿堂风开得更大了。随后这个人出于某个动机，从内侧给门上了锁，穿堂风也就没了。"

"但是最后我去房间的时候，桌子不是在窗户边上的。"我说。

"我说过，这是偶然。这个人要做的只是给门上锁，自然不需要理会桌子的问题。那么他从内侧上锁后，又是怎么离开的呢？既然不是从窗户，那就只能是打开侧门离开，那么开门的瞬间，由于刚才那股穿堂风的影响，令原本封闭的走廊温度有所下降，此时又形成了一股新的穿堂风，把桌子推回到接近活动室中间的位置。"

"这就是手机消失的真相……"

"对，彭老师你跟其他学生一样，就是太执着'偷手机'这

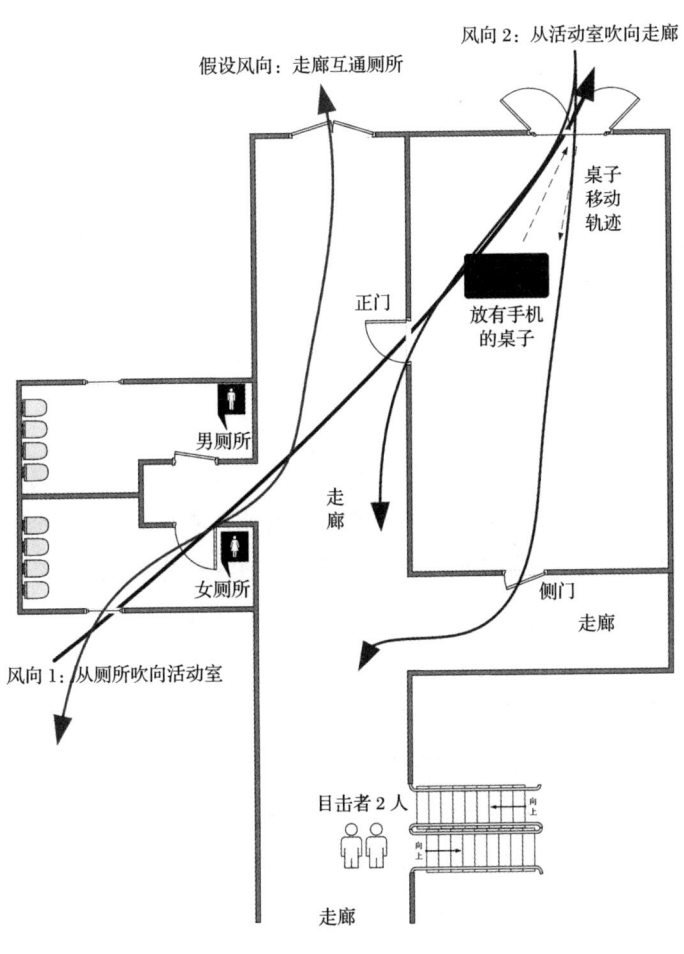

图三

个点，才会走不出思维困局。"

"是哦！"男生像看偶像一般看着董老师。

"还有第二个问题呢？为什么要给门上锁呢？"我问。

"这确实是个有趣的问题，但答案出奇的简单。"

"简单？"

"嗯，你们想想是为什么？"

"呃……我们哪知道……"

"你还是没能为学生着想呢，彭老师。如果你怀揣着恶意去思考问题，那么就容易忽略现实的答案。上锁的原因，自然就是为了——开锁啦。"

"啊？开锁？什么意思？谁开锁？"

"不是谁开锁，而是开锁这个行为。看彭老师你一脸懵懂的样子，我还是说得更明白些吧。这个人上锁的目的，就是为了让素拓委员试一试手中的钥匙到底能不能开锁，钥匙是不是真的。这个房间平时很少有人借用，但我想这个人应该经常借吧，正是因为其他人很少用。这样考虑的话，这个人确实很有可能就是被孤立的王志，但动机绝对不是你们恶意揣测的那样，他可能只是想找个固定的地方安静地、不被打扰地学习，可是也不可能每次都问宿管阿姨借钥匙，于是乎他想到了一个办法，那就是只借一次钥匙，然后还回一把假钥匙。像那种常见的钥匙模型哪里都能买到，旁边 N 大学那边就有一个锁铺，而且平时因为几乎没有人借用，所以也不必太担心露馅。然而偏偏素拓委员那晚借走了，王志恐怕是屡次借还，连自己都不确定手头上的钥匙到底是真钥匙还是假钥匙了吧，又或者把真钥匙弄丢了没法求证。总之，问题是素拓委员手上的那把是真是假？如果她发现开不了，惊动了宿管阿姨，阿姨会不会把自己借过房间的事情说出来?班会开始之前,活动室正门应该和侧门一样一直没关,素拓委员应该无须开门,她当然也不会觉得有什么奇怪的,可能会想是阿姨提前帮忙打开了。如果钥匙是真的,他放任不管的话,在还钥匙之前,素拓委员可能不会用钥匙锁上门。之后他又要向宿管阿姨借钥匙,很少人借的房间短期内突然有两个人借,王志也怕阿姨有所怀疑吧。为了知道那把钥匙的真假,这就是上锁的动机。"

"但是如果钥匙是假的,素拓委员打不开怎么办,不是一样需要找宿管阿姨吗?"

"这个时候王志只需要自己出来,说他帮忙去找阿姨就好了,或者上前帮忙,趁机把钥匙调换过来。反正总有办法。"

"原来是这样……"我小声地说。

"原来是这样啊!"男生则是意料之中地大叫。

"彭老师,他们从一开始就把学生当作了'偷手机'的'犯人',这才是最最根本的问题。这跟脑筋快慢、灵不灵活没有关系,试问下,如果连辅导员老师都不信任自己,学生又怎么敢向你透露心声呢?彭老师,我这样说可能不合适,没有针对你的意思,你就别往心上去。我认为辅导员不是管理岗,辅导员不是管学生的,而是跟学生站在一起的。你觉得呢?对了,你还是尽快认识所有的学生吧,老是对不上名字,也挺尴尬的。你认识上一任辅导员吗?她从这群学生大一入学开始就带他们。需要的话,我可以把她的 W 账号推给你。"董老师最后轻松地说道。

跟在旁边兴奋不已的男生相比,我无言以对。

（五）

上班第二天的晚上七点。

我已经躺在了床上。

舒展开手脚，深深地吸了一口气。

这才是常态吧。这才是我想要的工作状态。没有加班，准时回家。

但一闭上眼，又会想起董老师的话。

——被教训了呢。

虽然岗位不同，但怎么说董老师都算工作上的前辈吧，被训斥下也是应该的。可我转念一想，我也不过是个刚刚毕业的大学生，工作上有不懂的事情不也很正常嘛，这也算是错吗？这算不算年长者对后辈的固有歧视？

我打开了董老师推荐过来的好友头像。

是个长发的漂亮女生。

是前一任的辅导员。W账号和真名一样，叫温馨羽。

——要加吗？

抱着多认识个漂亮女生也不坏的决心，我还是点了添加申请。现在时间还算早……应该……

没想到的是，对方马上通过了好友申请。一下子搞得我手足无措，应该发什么过去好呢。

"彭老师你好哈。"还是对方先发话过来。

——只能上了吧。

我先简单介绍了一下自己，然后表明来意，想向前辈请教诸如此类。温老师似乎是个老好人，很耐心地跟我说了以前的情况，我也对今天的几个学生有了些许了解。

现任的女班长杨雪枚在此之前做了两年的副班长，直至今年大三学期开始前，前任男班长王施涛辞任后才转为正职。其间有考虑过做班委换届，但是没什么人报名，所以计划就搁浅了，还是继续由原来的班子续任。杨雪枚是个比较认真负责的人，很配合学院的工作，跟老师们的关系也都处得很好，从做副班长开始就是这样，有时候甚至比班长还要上心。

素拓委员劳爱勤则一直都是比较要强的性格。好的一面，就是一旦认准了某个目标，那就必定会做到，无论是学习的时候、上课做实验的时候，还是生活上、学生工作上，永远是一副全力以赴、不需要依赖他人的姿态。但是另一面就是为人太过较真，有些事情不容易让步，即使是面对老师也一样，甚至跟前任辅导员温馨羽发生过争执。还有比如说她不喜欢把辅导员、教务员这些管理人员称为"老师"，一般是叫"导员"或者直呼"教务员"。另外，她也远远不算社交达人，今早在办公室的那个女生是她为数不多的朋友。

那两个昨晚在走廊聊天的女生应该是关系很不错的闺蜜，一个叫劳水飞，一个叫陈玥。

王志是个贫困生，本人有一些不太好的习惯，所以跟多数人的关系都处得不算融洽。

至于今天那个很积极地解决事件的男生温究一，和在旁边唱好的胖男生丁甲，则是学校知名学生社团数独社的成员。温究一是个头脑很不错的孩子。丁甲虽然脑筋比不上温究一，但是他极其爱好读书，特别是悬疑类、侦探类的小说，甚至多次向学院申请想办一个推理小说社团，也多次邀请温究一加入。从他中午还要跑回办公室听完解答来看，丁甲应该是个在这方面极为狂热的爱好者。

从对学生的了解，我就知道温老师是一个比我更好的辅导员。至少，她了解学生。又聊了一会儿，我决定还是再请教一下她丢手机的问题。

我又把昨晚事情的经过和今天的讨论结果都告诉了温老师。

听完董老师的解答后，她回了句"董老师还是一如既往地维护学生呢"。

董老师的解答确实推翻了之前以偷手机为前提的推论，认为学生没有任何恶意。

"这个真相已经够好了，没必要追究下去了吧。"温老师又发送过来这句话。

这句话听着怪别扭的。我随便敲下"是吗"，就发送过去了。

"彭老师也看出来董老师是故意这样说的了吧。"

没想到对方居然这样回了一句。

——难道董老师的解答也不对吗？

"温老师也知道，对吧。"我只好硬着头皮回应道。

"嗯，如果只是为了让对方掏钥匙开门，不需要锁门啊，把门关上就可以了，这样甚至不会张扬里面有人，从外面开门一样需要用到钥匙嘛。董老师是倚老卖老，想作弄一下新人呢。彭老师，不用放在心上，我想董老师没有恶意。"

对方肯定没有想到手机对面的我是如此震惊。董老师的解答还不是最后的真相。正在我想破脑袋怎么发问时——

"董老师故意说出那样的解答，其实不是为了责备你，而是正好反过来，是为了保护你。"温老师发来这么一段话。

"这是怎么回事呢，温老师？"我终于忍不住了。

随后她发来了一段语音消息："彭老师还没意识到是吗？董

老师恰恰是为了保护你的自尊心，所以才会那样说。我说一个点，彭老师考虑过，为什么素拓委员上厕所的时候没有带上手机吗？"

这么一说，我确实没有考虑这个问题。我接着听她发过来的语音："当时活动室里已经没有其他人了，说明已经收完款了，如果要上厕所的话，完全可以把手机也带上。那么为什么没有带上手机呢？有一件事彭老师可能不知道，或者忘记学生提过了，就是去年，他们刚刚升上大学二年级的时候，我们曾经到旁边N大学的草坪上搞过一次班集体活动，那一次素拓委员劳爱勤弄丢过一次手机。弄丢手机的原因是手机跟钱包放在同一边的口袋，取钱包出来的时候容易把手机也带出来。恐怕这次意外之后，劳爱勤就特别注意要把重要的东西分口袋放了吧？彭老师，在学校里，如果只是简单出门，一般会带什么呢？"

语音有时长限制，我马上点开下一段。

"如果是我的话，只需要带钥匙跟手机就可以了吧。没听错的话，劳爱勤昨晚是穿了裙子对吧？应该是因为有一只手打了石膏，所以穿裤子的话很不方便。彭老师，我看你的账号头像，应该是个男生吧，如果没有女朋友和其他特殊的着装癖好的话，是不是不知道裙子一般最多只有左右两侧各一个口袋？换言之，昨晚劳爱勤的左右手每侧都只有一个口袋，大概就是装了钥匙跟手机吧。当发现门被锁上了的时候，左手打了石膏的她说自己不方便拿钥匙，也就是说钥匙是放在左边的口袋里，那么手机应该是放在右边的口袋，即比较容易能拿到的一侧，说明相比之下手机还是要拿出来用的更多。这也印证了她上厕所的时候没有拿上手机是很奇怪的。

"接下来回到我们最开始的问题——她为什么上厕所的时候没有带上手机呢？原因很容易想得到，那就是原本要装手机的口袋里，已经装了别的重要东西。为了防止再次出现拿东西的时候弄丢手机，所以干脆不拿手机了。会是什么东西呢？彭老师，你应该也想到了，当晚只有一个人拿了现金来交班费，认真称职的素拓委员最后还是收下了那个人——王志的钱。至于在哪里、什么时候收的，我想可能性就有很多种吧。比如像你们之前推理的那样，王志并没有离开，而是抱着要报复的心理躲在厕所里。但关键在于最后劳爱勤还是收了他的班费，也就是说，两个人在劳爱勤上厕所之前已经相遇过了，那么就不存在董老师所推理的那样，王志出于某种动机而锁上门。"

但最后门确定是锁着的。我迫不及待地点开最后一段语音。

"既然排除了王志，那么，锁门的动机又是什么？无论如何，这个疑问好像都是无解的，那就只剩下一种可能性了，这一切都是素拓委员，即劳爱勤自己所为。把门锁上，谎称手机丢失，全都是她的自导自演。"

我又把最后这一段语音重听了一遍，以确认自己没有听错。

——"犯人"，啊不，始作俑者居然是素拓委员自己？

"那她为什么要这样做呢？"我马上敲过去这几个字。

很快对方又发过来一段语音："这就是劳爱勤要锁上门，而非仅仅关上门的原因。如果只是关门，那么非人为的可能性会有很多种，比如说本人记错了不小心把门带上了，又比如说走廊风太大把门吹上了；但是如果门是锁着的，那么可能性就基本上限定在室内有人。为了可以把戏演得更加逼真，也是为了增加客观可信的目击者，素拓委员还专门叫了别人过来开门，就是要制造牢不可破的'门是被某人从内侧反锁'的印象。即使昨晚没有那两个女生在走廊充当目击者,她可能也会下楼找宿管阿姨帮忙吧。"

"我还是不太理解,那她为什么还要撒谎说自己的手机丢了呢?"

"这才是她的真正动机。如果不能保证有人人为地锁门,那么手机的丢失就有可能是出于各种意外。你明白了吗,彭老师?劳爱勤真正的目的是制造'某人反锁了门是为了偷手机'的假象,也就是你们最开始推理的那样。如果手机弄丢了,那么就是素拓委员的责任;但如果手机是被盗的,而且还是在刻意制造的密室里,那么她多少可以撇清责任。"

"但是,手机……难不成……"不解之际,我好像突然想到了什么,话还没打完就发送过去了。

"彭老师你也看出来了吧,素拓委员想要弄丢的不是手机,而是刚刚收到的班费。但是现在不收现金,而是用手机软件群收款,所以她必须让手机也一起消失,而且最好是以被盗的形式。"

"她不可能是为了私吞这笔钱吧……"

"彭老师,看来你还是没有了解到董老师今天的深意呢。我说过,他是为了保护你,保护你的自尊心,所以才给出了误导性的解答,同时给你一些提醒。我可没有董老师那么好人,彭老师,你想想看,这班费,收了是准备做什么的?"

此时,我的大脑像被一道闪电击中。

——老师,我们原本打算给您送一份教师节礼物。

"用手机软件群收款的班费是盗不走的,但是一旦手机被盗了,至少不可能在一天之内及时把卡补办回来,那么这笔钱在第二天就不可能用于买教师节礼物了,要再发动大家多收一次钱也不现实，这就是素拓委员劳爱勤的真正动机——为了不给彭老师你送礼物。"

听完，我拿着手机，久久不知怎么回复是好。过了一会儿，对方发来一条文字信息："不过彭老师，你也不用灰心，毕竟你跟这班孩子才刚认识两天不到。听说去年这班孩子商量给我们买礼物的时候，劳爱勤也不是很乐意。作为辅导员，还是要下点功夫才能讨得这群大孩子们的信任和支持呢。彭老师，你身边不就有很好的榜样吗？当然不是指我哈，是董老师啦！"

憋了许久，我终于回了一句："温老师，你去年最后有收到他们的礼物吗？"

对方停顿了一下，然后发了一句话过来："现在来看，你还是不知道为妙。"

还附上了一个"^_^"的表情文字。

现在，婚礼前
被访问人：劳水飞

这些年来，我想对老师说的，只有感谢。

现在想起来，自己在读书的时候还真是任性呢。给老师们添了不少麻烦。

……

跟陈玥吗？我们现在是好姐妹，以前是，现在是，以后也一定是。

她今晚真的好美哦，老师看完仪式了吗？

……

我啊？男朋友吗？我还没有呢。

心上人……应该还是有的吧，只不过对方……

老师，我到现在还在想，如果真的爱一个人，是不是只需要遥遥看着对方幸福就足够了，是这样的吧？

嗯……是在读书的时候认识。

对，大学时。现在回想起来，大学的生活真是多彩呢。

我们吗？已经不可能了，对方都结婚啦。我呀，只要那个人幸福就可以了。这也是我在大学里学到的一条很重要的知识。

老师，您还记得吗？大四快放寒假前那件事……

……

您也记得是吧？就是那件事给了我很大的感触。那晚我坐在校园的操场上,周围没有别人,我就在想,为什么就没有人来找我呢?

后来我想明白了,人生就是这样,有些时候,你必须得自己一个人走下去……

第二章　相亲雨夜里的保时捷

二〇一五年十一月

（一）

风朝着我吹来。昨晚的雨后，今天清早已俨然有了秋天的感觉。我暂停放在踏板上的双脚，享受这一刻的清爽。

骑自行车上下班已经快两个星期了。

"能住在单位里，真是件很幸福的事情呢。"昨天老妈在电话里这样感叹道。

入职两个月后，学校终于给我分配了一套住房，不过并不是想象中的教师公寓，而是在学生宿舍的顶楼，给我分了一间单人房。学校是要求辅导员跟学生住在一块的，这个我有心理准备。

"学校还分了房子啊，真是叫人羡慕呢。"身边有朋友这样说。

他们不知道的是，这让我住在学校里，不是方便我生活，而是方便我随时可以加班呢。正常来说，辅导员一入职就应该给分配宿舍的，但是因为装修等其他事情，到现在我才分到房子。我还是最后一个挑的，结果只剩下上一任辅导员住过的朝北向的房子了。后来我才发现原来一整排北向的宿舍里只有我一个人，其他辅导员全部早就选好了南向的宿舍。一开始我以为问题也不大，但一到冬天，即使是在南方地区，见到太阳的次数也是少得可怜。而且最糟糕的是，北向一侧的宿舍还没安装空调，一想到冬天能被冻死、夏天又会被热死，我就瑟瑟发抖。

我想起那位推荐我就职高校辅导员的前辈的话——关键的不仅仅是跟学生的关系，还有同事之间、领导上下的关系。如果能把内部关系处得更好，我也不会轮到最后一个才选房间了吧？进入社会工作，真是比读书的时候复杂多了，虽然都是在学校里。

这时候，一辆小轿车向我疾驰而来，幸亏我及时摆正车头，要不然就会被撞到。

——这绝对超速了吧！

对面的路边有一个标着"30"的测速牌，但显示屏上面却没有数字，可能是只能测单向车道的来车。即便能拍到，校内的也没什么办法来做实际处罚。学校总是这样，对内强硬，对外嘛，不由分说。

我故意加快踩踏速度，似乎在斗气，看看自己能蹬出多少时速来。

结果什么都没有显示。不知道是因为我在对侧，还是测速牌是要通过车牌来感应的。

两个轮子的，就是不行吗……

已经是深秋时节，但身后的太阳晒到背着包的后背，还是有一点炙热，微微出汗的不适感，就像进入社会后还跟学生时代一样背着个书包通勤。

要是在汽车里就好了……我是不是该买辆车了呢……仔细一想,办公室里的几个人好像都是开车上下班的,难怪平时从东门出入都看不到他们。

今年还是争取攒点钱,考虑买辆车吧。或者是先买房?

两个轮子,还是不行呢……

老妈的叨叨又浮现在耳边。

车子、房子都是其次,妻子才是最要紧的。明明在上学的时候千叮万嘱让我不要费时间在谈恋爱上,一到毕业后就催着结婚,成天嘴边挂着拍拖、结婚、生子的话。我又不是不想交女朋友,但这个又不是想要就有的,也不是我单方面努努力就能一蹴而就的。即使刚开始聊得火热,也不知道女生什么时候就突然冷淡下来……

想到这些,就算在清爽的秋风下,人也会变得烦躁起来。

(二)

"我给你报了一个交友活动,无论如何都要去,不要浪费了报名费。"

说完,老妈就挂掉了电话。所谓交友活动,实质上就是彻头彻尾的相亲大会。

昨天周日,老妈就逼着我去相亲。虽然嫌麻烦,但实际上我还是有点期待的。

谁又知道会遇上什么人呢?

学校分配的宿舍才交房,刚刚装修好,还得放上一段时间再入住,所以我还是住在校外。相亲大会所在的Q酒店就在地铁站旁边，所以跟平常一样，我打算先骑自行车到地铁站，然后再乘地铁过去。考虑到形象的问题，我还特地穿了套修身的正装。出门前我看了看天气，似乎今晚开始会降温，可能还有雨，想着会不会穿得太单薄了，我最后决定背个包、多带一件外套。

原本想着穿正装还背包是不是不太搭，但这时突然想到新买的背包。这是一个潮牌"两面"背包，正面是普通的黑白配色商务风格，还挺配正装的；反过来是潮流绿色，配着正装反而有种反差潮流达人的感觉。本来是想着上班通勤也可以背，休闲逛街也可以背，原价要卖上千块，但我手上的其实是网上买的高仿货，但是一样好用，性价比极高，没必要追求品牌真假。

去地铁站最快的路就是从东门进西门出，穿过学校。因为西门只准教职工车辆通行，所以比较通畅。身为老师，如果背着一个颜色怪异的背包，影响也不好，学院办公室的实验员刘老师就有一次因穿得太过随便被领导骂了。既然还要穿梭学校，这个两面包今天正好适用，在学校里就正着背，出了学校就换到另一面。

正当我为自己的完美穿搭沾沾自喜的时候，我发现这个算盘似乎没有那么如意。虽然出门的时候已经是下午四五点，但是太阳，这个时候应该叫夕阳，却是出乎意料的猛，而且因为正是朝着西边骑车，可谓正面直射，我一度都睁不开眼睛。

以闭眼的速度来到地铁站，锁好车上了地铁后，我才发现不妥的地方。

几乎全身都被汗水沾湿了。地铁上没有开太大的空调，人也多，我好像还能闻到自己的身上有一股淡淡的汗臭味。我刷了刷手机，看到晚上似乎会下大雨。

猛烈的夕阳，倾盆的夜间暴雨。

我想了想还停在地铁站边的自行车。如果有辆小汽车的话，就不会担心这种情况了。

但更让我担忧的是，上面的这些，在相亲市场上，可是绝对的减分项。即使没车没轿，也不能让心仪的女孩子知道我没车没轿。我回头看了看背上闪烁着闪闪绿色的潮包，突然意识到，这不就是明明白白告诉人家，我不是开车来的了吗？

开车来参加活动的人，背的包肯定是放在车上的，不会随身背着。

我绝对不能让这样的事情发生。当务之急是要处理背包的问题。

放到哪里好呢？

几番思索之后，我想唯有放到酒店的寄存服务处了。问了问前台后，我拿着包开始到处找没那么显眼的储物柜，要不然最后拿书包的时候被人碰到就前功尽弃了。走了一圈之后，我发现有一处储物柜，恰好靠近一个偏僻的出口，好像是通往一处露天停车场的，应该是因为没什么人会把车停在露天的停车场，所以这里也没什么人经过。

是个理想的"藏包"之处。果然人的虚荣心只要上来了，就什么都干得出来。

我称心如意地把包锁进柜中，然后装好钥匙卡走向会场。

但突然又想到一点——如果今晚真的跟某个女生聊得正欢，甚至要一起离开的时候，不就穿帮了吗？如果我是开车过来的，那么情理之中应该会说"我送你回家"之类的话，要不然人家会觉得为什么刚才还谈得火热，却没有后续的邀请。

那又该怎么办？

对了，去那个出口的路上好像还会路过一个厕所，到时候是不是可以借口上厕所，先离开呢？即使也很奇怪就是了……

就在为此忐忑的时候，我步入了会场。一众单身男女之中，最吸引我眼球的便是——即使是在聊天，背着包的人也不在少数。

我感觉脸上一红。是自己做作了。还想特意营造自己没有背包、是开车来参会的假象。

"彭老师！"

我正低头看大会给每个人分发的铭牌，就听到有人大喊我的名字。我猛地抬起头，发现面前站着一个标致美女。

"你是……"我刚要出口，就看到对方胸前的铭牌——

温馨羽。

——前一任辅导员！

我惊讶得一下子有点说不出话来："啊……温……温老师！"

——意外但又激动。

"没想到会在这种地方跟你第一次见面呢。"温老师捂嘴笑着说，"看你惊讶的样子，我还以为认错名字了呢，'彭''冬''晴'老师，对吧？"

"啊对，只不过我也没想到会……"我也没想到会在相亲会上碰见未曾共事过的"前同事"呢，毕竟自上次手机丢失事件的聊天后就再没有联系了。

这也是老妈经常说我存在的问题。跟女生聊天，总是缺乏主动性。只不过在我看来，如果没什么特别的事情，主动去找女生聊天会显得很傻。看来还是要改一下这个毛病。

"最近那群孩子还有找你的麻烦吗？"她笑着问。

"啊，没有啦，也不算麻烦啦。"自上次丢失手机的班会后这两个月，我确实度过了理想中的辅导员生活，风平浪静。

"所以说啊，还是当辅导员好呢，我都有点羡慕了。"她悠悠地说。

"这是玩笑话吧？"我突然好奇，她辞职之后，去哪里工作了？

"也不全是。我现在做着公务员的工作，比在书院当辅导员苦多了。"

"公务员的前途要比在学校里做个辅导员好多了吧。"我半调侃半真心地说道。我毕业的时候也想过当公务员，因为公务员和辅导员两者的招聘流程和准备工作相差不大，但是在师兄"工作强度和时间更有性价比"的劝说下，我还是选择了后者。

"但在书院里做个辅导员还是很轻松的吧。其实我们工资待遇相差无几啦。彭老师，你还是在书院的吧，还是说被调到学院了？"

温老师这里说得还是够中肯的。

书院和学院，我也是在入职一段时间后才弄清楚两者的区别和联系。书院制，是现在国内一部分大学采用的学生培养新机制，书院跟学院一样，隶属大学的二级单位。一般来说，在我入职之前，跟多数大学生的认知一样，学生是学院的学生，但现在书院制就不一样了，学生既是学院的学生，也是书院的学生。简单来理解，就是书院和学院一起去培养学生，学院负责专业知识的教学，书院则是负责学生综合素质的培养。因此，对于辅导员这么一个最直接对接学生的岗位，自然而然就归属到书院的编制里了。以前在我的学生时代，N大学没有实行书院制，所以辅导员老师都是在学院的，但现在在G大学的书院制下，我的人事编制关系跟同一个办公室里的董宽老师、图老师不一样,我并不是在学院,而是在书院。前一任的温老师也一样。

只不过对于学院来说,他们自然是不愿意的,因为本来专职负责学生工作的辅导员被剥离到了书院,所以学院和书院沟通之后,我大多数的时间就都是在学院办公室里度过了。其实在这两个多月的工作里,我个人是觉得这种模糊的制度是不利于学生培养的,因为目前的大环境下,国内大学生多数还是以学习专业知识为主,他们所有的活动,基本上都离不开所学的专业,比如说大四毕业找工作的时候,特别对就读于我所在的医学院的学生来说,就业时不太可能会转行。原本应该专注于专业外兴趣和素质的书院培养,实质上难以实施。

但对于我个人而言,这样的模式反而让我的工作变得轻松不少。因为在传统的学院制下,辅导员的工作其实是一个很杂的活,跟学生相关的一切都跑不掉,然而在大学里,还能有什么工作是跟学生完全无关的?比如说,学院要办一个大型晚会,辅导员就要负责全程的组织,而现在实际上我并非学院的编制,严格意义上不算是学院的人,所以我并不需要参与到学院的事务上,我也不需要太过听从学院领导的指示。

简而言之,这种新的书院制,就是把学生工作的业务从传统的学院管理制里剥离出来,分给书院,但实际上在目前国内的教育体制下,学生工作并不可能是一块单独存在的业务,必然跟教学、科研等挂钩并且由之衍生而来,所以书院成了一个业务量并不大的部门。书院的辅导员,自然就显得"性价比"十足了。

"一半一半,还行……有时候也会在学院值班。"我浅浅地回答说。

"对了，那件事，我还是有点好奇。"温老师突然问道。

"哪件事？"

"就是你加我好友的那晚，说的丢了手机的那件事。"

"哦？有什么好奇的？"我也猜到她会问这件事。

"我想知道，彭老师最后是怎么处理的呢？该不会是直接跟劳爱勤说了我们最后的推理吧？"

我自然是没有说的，抱着多一事不如少一事的态度。不过就在我们讨论的第二天，宿管阿姨就说有人捡到了一部手机放在她那儿，拾物者自然是个拾金不昧的"不留名"者了。

随着手机的找回和里面包括班费在内的记录都没有什么异常，这件事就不了了之了。但是……

"面对这样的事件，温老师有什么高招吗？"我还是很想问。

"这样的事情，真的是麻烦事啊！"

"呃……"

"我一直想这样说！现在辞了职终于可以大声地说出来了！彭老师也会有这样的感觉吧？明明是些鸡毛蒜皮的小事，却占据了你大部分的时间。这就是辅导员的工作呢。所以能像彭老师你那样选择冷处理，并且能够冷处理掉的，我认为就是高招了。如果只是问题的话，那么肯定会有答案的吧，但那些麻烦，可就不是那么简单的了。"说完，温老师长舒了一口气。

"啊，确实是这样的。"

"不过你现在身处其职可不能这样想哦，至少不能说出来，要不然是有可能会惹人讨厌的，像董……"

我立即竖起了手指，放到嘴边，做了个"嘘"的动作。

"毕竟彭老师，现在有部分时间还是要在学院里待着的吧？"

"难道你不是吗？"

"哎呀，早知道我就不说了。我答应过图子不说的。"

"怎么回事啊？"这样我更奇怪了。图子，是指人事秘书图老师？

"彭老师你可不能回到学院乱说哦。其实我跟你们人事秘书图老师关系还是蛮好的，可能因为大家都是年纪相仿的女生吧，哈哈。我们私底下聊天有聊到你哦，才知道原来现在这个岗位被学院要了一点过去，但是人事关系还是在书院吧，也肯定不会长期待在学院的，其实没差啦，只不过办公地点多一个罢了，不用介意。就这些而已，再多的女生之间的话题就不能告诉你了。"她也做了一个"嘘"的动作。

"我第一天来报到的时候，图老师就对我说了一句很费解的话。"我突然想起。

"什么话？"

"她给我介绍完基本的情况，最后对我说了一句'请至少要做够两年哦'。这句话总觉得莫名其妙的。"

"啊哈。"

温老师差点扑哧地笑了出来。

"都怪我，都怪我。"她又捂着嘴笑道。

"为什么？什么意思？"

"彭老师还不清楚这些人事制度对吧，看来你人事关系所在的书院也不熟悉这些业务呢，都没有给你做好宣传解读。学校有这样的规定，就是一个岗位，如果在一个四年的合同期内，发生过两次人事异动，像我那样的辞职或者被解雇等，那么这个岗位在一段时间内就不能再进行新的招聘了。两年前我一毕业进入G大学，就开始带那群刚刚入学的学生，而我辞职后不久，董老师帮忙兼任了两三个星期，彭老师你就被新招聘进来了,我和你是刚刚好卡着这个辅导员岗的一个四年合同期呢。如果彭老师你不到两年也辞职了,那么这个岗位就不能再招新人了。"

"哦,是这个意思。"

"听你的口气,似乎是有了长期干下去的干劲呢。很好嘛。"

"两年而已……不过,"我好奇地问,"即使我不做了,总不能让学生没有辅导员吧,不再招人的话?"

"不再招新人而已。通过其他竞聘、轮岗等途径来人还是可以的。"

"还会有校内的老师想来接辅导员的岗吗……"我低声叹了一下。

"哈哈,彭老师是个可爱的老师呢,我相信以后学生们会喜欢你这样有趣的老师的。那些麻烦事,也是他们开始逐渐喜欢你的表现呢。"

"那还是不要招人喜欢了吧。"

"对了,彭老师,你看,大学里面,没有叫作'辅导员'的专业吧。"

"嗯嗯……"

"所以啊,所有的辅导员都不能称为专业对口,但是总有一些专业,是比较适合做辅导员的。你觉得会是哪些呢?"

"心理学、教育学之类的?"我稍微回忆了一下以前面试复习过的内容。

"那这些专业都有什么特点呢?"

"特点吗?唔……都属于文科?"

"这个可别被教务员董老师听到了,要不然他又会嘲笑彭老师你怎么连最基本的学科门类都没弄明白呢。该不会还停留在高中时期非文即理的分科吧？比如你所说的教育学，本身就已经是个大类了，而心理学，就既有教育学归类，也可能会是理学、医学归类。彭老师，我说的是共同点，就是这些被认为适合做辅导员的专业，都有一个共同点——就是包容性强。彭老师你是学什么专业出身的呢？"

"呃……土木工程专业……"我颤颤巍巍地说，怕被对方嘲讽。

"纯正的工学，工科专业呢。像这样的专业，是没法容纳任何错误的吧？"

"呃……可以这样说。"

"对嘛，但是做了辅导员后，你就会发现，好像到处都是不符合逻辑的行为呢。这个学生为什么不去上课，那个学生为什么不去考试；这个学生为什么不愿跟人交往，那个学生为什么处处树敌。全都是这样那样的无理可循的麻烦事呢。要解决这些问题，需要的不是头脑和逻辑，而是包容心。即使没有学到那些对口的专业，但只要明白这一点，彭老师你也可以做一个顶尖的好辅导员。"温老师再度露出标志性的笑容。

就像她常发的聊天表情一样。

"温老师，跟你聊天真是能学到很多呢。"我发自内心地说。

"哎呀，都是玩笑话。"

说罢，她被身后的一个男生叫了过去。临别前，她还对我说了句："今晚也要加油哦。"

我当然会了，只可惜照这样看，我应该不是她今晚会努力的目标。

我走到窗边，外面似乎已经开始下起雨来了，我望向被雨滴弄得朦朦胧胧的窗外，刚好对着的是我存包的那个出口外的露天停车场。偌大的场地，只停着孤零零的一辆车。

孤身只影呢。跟我一样。

我又吞下了一杯果汁。

不过这阵消极的情绪很快就被冲散了。

因为大会接近尾声的时候，我也邂逅了一个挺聊得来的女生。该用投缘来形容吗？不，我觉得可以用一见如故。女生穿得很简单，一件纯白色的蕾丝连衣裙，搭配她过肩的黑色长发，脸型稍微有点圆润，是我喜欢的可爱型。发梢还带着些水珠，她说是来的时候外面已经下起雨来沾湿的，不夸张地说，这一身衬着，有点水仙子的感觉。特别是她在想事情的时候会把头侧过来，手托在下巴处的动作，真是犯罪级别的可爱。

也不知道算不算走运，她来得比较晚，整个会场的单身男生中，像我一样身边没有异性伴的已经不多了。

于是她走向了我。

我也努力在加油。

一些小说里描述新认识的恋人有说不完的话题，就像现在的我们吧。

我们一直聊到了相亲大会结束，最后还被工作人员劝离会场。我们相视一笑，还是接着一边聊一边走，完全进入了两人世界的节奏。

偶然间，甚至有身体的触碰。

不过这时我才看到，她背着一个米色的小背包，可能因为包比较小，聊得投入的我才没有注意到。这本来不是什么大事，但这突然令我想起来一件事。

——我的背包还没有拿！

出租屋的钥匙还在包里，我不能把包留在酒店。

虚荣心再度涌上心头。

都做到这个份儿上了，不能功亏一篑。虽然跟她聊得很开心，但当务之急是要想办法撇开她，去拿包离开。

但问题是聊得正欢的她似乎还没有要离开的意思。

我尝试领着她往存包的地方走。

——糟糕了，她该不会是准备跟着我回家吧！

眼见马上就要走到储物柜了。既激动又紧张的心情充斥着我的大脑，连我都佩服自己，嘴上说的话跟大脑里在想的完全对不上。不过我有一点纳闷——如果她真的打算跟我一起离开，为什么不问一下"你是怎么来的""你是开车来的吗"诸如此类的呢？一般都会这样问的吧。

——不会在等我主动问吧？

但是感觉她不是那种害羞的性格，大家本来都是奔着谈恋爱的目的来参会的，如果真有这样的想法，她应该会直说。总不能一直这样聊下去吧……

"哎，我们这是在哪里？"她突然看了看周围，向我问道。

我马上意识到，原来她真的是聊得忘形了，太过入神迷路了啊。

"对哦，都没留意到。这里应该是……"我马上附和道。

我们刚好路过那个出口转角前面的厕所。

"你是要继续往前走吗？要不我们就到这里吧，正好我上个厕所再走，免得路上还要找厕所，今晚喝得有点多了。"她问。

"我话说太多了，是吗？"听到她的话我喜形于色地开起了玩笑。

"是时间太少了吧。"

"那下个周末你有时间吗？"

"如果是你的话，我随时都可以。"

说这话的时候，她笑得可甜了。

其实我也想上个厕所，但是好不容易找到了机会去拿包，而且地铁上也有厕所，还是不要节外生枝了。

告别她后，我往前走过转角，发现这里有一排窗台，被幕布遮住。好奇之下，我溜了进去。转角处有一个斜面玻璃装饰，从幕布后刚好可以看到折射过来的厕所前面的走廊的光景。（见图四）

她还在，脸上的笑容也还在。正拿着手机摆看，就像照镜子一样。

——如果女孩子在意她在你眼中的妆容，那么你已经成功了一半。

我想起了在地铁上看到的相亲攻略帖子的内容。

我暗中窃喜。

想必她现在也一样。

我看到她接着转过头去，走到厕所的门前，推了推门，但好像没能推开，估计是里面有别人在上厕所吧，于是她就站在那里等。

见状，我便心满意足地离开了。拿到了书包之后，我看到外面还下着大雨，看来没办法从那个露天停车场的出口离开了。虽然我没有带伞，但是到前台，让他们帮帮忙打个伞送我到地铁站应该没问题。准备走回头路之前，我想了想，已经过了一段时间了，她应该已经上完厕所离开了吧。

以防万一，我还是又躲回到幕布后，观察起来。

不看还好，一看吓了一跳。

我正好看到她朝着我这边的方向走了过来！

通往露天停车场

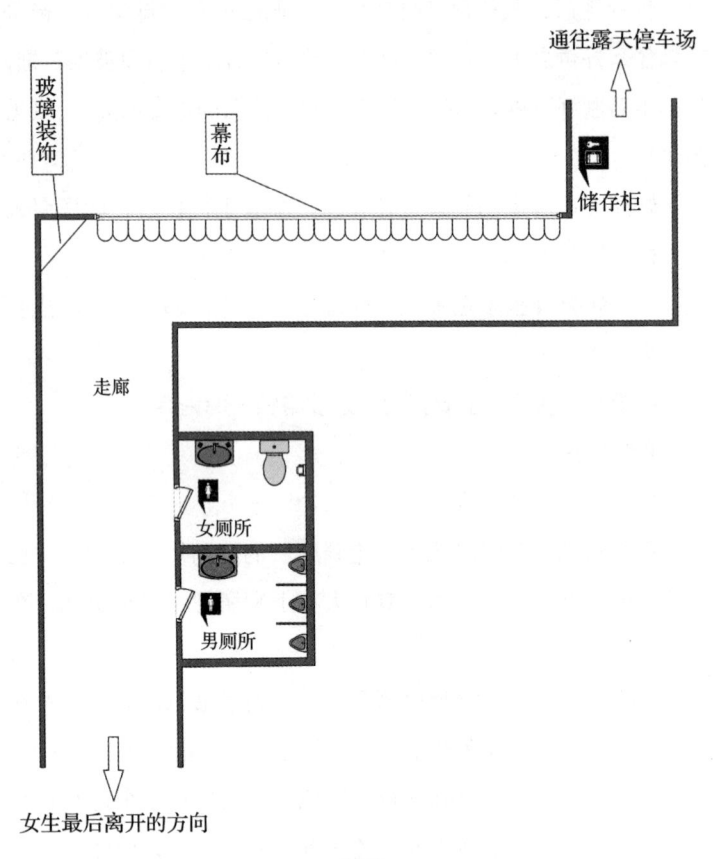

玻璃装饰

幕布

储存柜

走廊

女厕所

男厕所

女生最后离开的方向

图四

——这是怎么回事？该不会是发现我在偷窥了吧？

就在我不知道如何是好、左右不安的时候，她走到厕所门前停下来了。

——什么嘛！原来不是走向我……

我整个人都放松下来了。幸亏自己还没曝光。

她敲了敲门，但接下来并没有继续推门，而是在门前犹豫了。她歪了下头，手举到了下巴上。

这是她在想事情时常做的动作。

——她在想什么？

突然她露出一副怒火冲天的表情，然后直接转头走掉了。

莫名其妙的我只好在幕布后等到差不多雨停了再离开。

既激动又紧张。这样的心情伴随着我的后半夜。

回去的路上，我蹬得飞快，恨不得马上到家，打开 W 软件跟她接着聊。

"到家了嘛？"

"我刚停好车。"

"虽然很累，但一闭上眼就会想到你，怎么办？"

"下周末能不能快点到来啊！"

我一口气发了很多信息过去。我盯着手机。

一分钟过去了。

没有回复。

又过了十分钟。

手机屏幕没有亮起。

半小时。

一小时。

手机屏幕依旧没有亮起。

一个多小时后,她终于回了信息。

"不好意思,我先休息了。"

此时我的心情,跟屋外的温度一样——

降到了最低点。

(三)

"如果是老师们的车,那彭老师你也一定认识的,对吧?"

眼前站着的女学生叫劳水飞,就是上次素拓委员丢失手机时,正在走廊聊天的两个"目击证人"之一。她刚刚提到的车,让我又回想起昨晚相亲会上遇到的那个女生。

原本跟我聊得火热的她,到家后却好像突然对我失去了所有兴趣一样……

到底是为什么呢?这是从昨晚开始一直困扰我的问题。

学生提到的车,是昨晚我一直想要隐藏的点。难不成是我没有车的真相被发现了?相亲市场上的确最忌撒谎装大款。

我打从心底长叹一口气。

"老师,你有在听我说话吗?"然而现在眼前站着另一个怒气冲冲的少女。

她发火的原因则是简单明了。

昨天雨夜,她撑着伞走出学院的时候,在一个路口驶来了一辆拐弯没有减速的保时捷汽车,车碾过路边的水坑,溅了她一身。

"老师,能不能帮我找出那辆保时捷是哪个学生的,我想报复。"就是这么简单明了的要求。

"有没有可能人家没有留意到你,是不小心之举呢?"我尝试息事宁人。

"不可能的,老师,昨晚我穿的是浅色的衣服,不可能看不见我。"

"再怎么说,'报复'这样的话也用得太过了吧?"

"要不然,老师认为我能做什么,除了报复之外?"说到这里时她特地压低了声音,她说过不希望张扬,让我帮她保守这个秘密,所以才先来找作为辅导员的我。

照前任辅导员温老师的说法,这属于学生信任我的表现?

"老师,我知道你想要说'冤冤相报何时了'的老套话。但是对于被伤害的人,如果不让那些怀着恶意去伤害他人的人身受同样的痛苦,那才是不公平的。"

"这里也不是法庭,没必要这么较真吧……"我还是希望让学生平复心情。

"正是因为不是法庭,老师,我们现在讲的不是法律,也不是学校的规章制度,而是我这个受害人的切身利益。在我的利益已经被无视法律和制度的人践踏之后,老师,我只希望你可以站在我的角度,只要帮我一起找出那辆保时捷的主人就行。"

"你这么肯定地说人家怀有恶意,但确实有可能是无心之失吧?再者,你为什么这么断定是校内人员而且是学生的车呢?可能只是一辆校外的访客车辆,那也无从查起吧?"只能以理服人了。

"老师,我敢肯定那是校内的车,而且是学生的。我倒实验室垃圾的时候曾经在学院地库里面见过好几次,只是之前没有挂车牌,但是那个颜色我记得很清楚,是那种很特别的绿色。怎么形容呢,就跟老师你的背包一样潮的那个颜色。"

"你这说得……尽管如此,为什么你又这么肯定是学生的车呢？"

"如果是老师的车，那彭老师你一定知道的，对吧，每天都在停车场进进出出的。那个就是校内的车，而且肯定是学生的。"

我也正纳闷呢，我没有汽车啊，我可是骑自行车来上班的。
"你这太武断了……"
"老师，我有证据，那个开着车的学生，是故意这样做的。"
"证据？"我诧异地问。
"老师，你看。"她指着办公室墙上挂着的校园地图，"从我们学院的地库出来，无论是去哪个门，都不可能会在这里向右拐弯的对吧，这样的话，那辆保时捷就不可能是回地库去的。这么奇怪的行驶轨迹，只有一个可能性，那就是那个开车的人，是没有目的地到处乱逛，就是为了溅水，作弄路人。老师，你看，这是不是纯纯的恶意？"
"这……"
一时间我也无言以对。
"老师，我这是对事不对人，我要报复的，是这种深深的恶意。"

她撂下一句狠话。
"老师，你不会包庇罪犯的吧。现在我只能信你了。"

午后，我又跟董老师闲聊，谈起这件事。
"我觉得这个学生，叫劳水飞对吧，说得还蛮有道理的。"董老师想了想说道。
"我说董老师你也认不全所有的学生啊？"
"这不很正常吗？我又不对接学生，干吗要认全他们的名字。"

听到这句，我一脸费解。

看到我这样，董老师解释说："彭老师，你辅导员做的名叫学生工作，我教务员做的名叫教务工作。为什么我说学生说得没错，顾名思义，就是你对学生，我嘛，我对的是学校的规则和制度。我负责对付的，不是学生'本人'，而是作为学生所拥有的学籍。学生跟我才应该讲法律、讲规则，而当他们面对着你的时候，他们希望你可以倾听他们作为个人的声音。这也是他们信任你的原因。可不能辜负了啊。"

"我是人治，你是法治，是这个意思吗？"

"怎么啦？可以的话，我还想跟你换呢。"董老师笑了笑。

"但现在是让我找一辆车的主人，这怎么找啊？"我吐出苦水。

"想过去停车场蹲点吗？"董老师开玩笑的样子跟温老师甚至有点像。

"不过我说，学校允许学生开车进校吗？"

"你一个辅导员问我这个问题？"

"这也是我管的吗？"

"当然了。我说了，我管的是学生学籍有关的教务问题，除此之外，都是你的，彭老师。"

"那你可太轻松了吧。"

"我说我可以跟你换啊。"

两个月下来，我跟董老师也有些许熟络，敢开这种玩笑了。

"我觉得你的工作也很轻松呢，你看，大家都是只看到对方好的一面。"

话虽如此，但确实如他所说，真要让我跟几乎天天都要加班的董老师调换工作，我还是不愿意的。

"学生开车进校这个事，你可以问问你在书院的领导，应该是允许的，但是不能公开宣扬。"董老师又接着说。

"其实学校并不鼓励，对吧？"

"当然了，彭老师，你应该知道校服的真正作用吧？"

"你的意思是为了不凸显差别？"

"对。这个就跟中小学要求统一穿校服一样，但大学无法管这么多，要不然跟中小学有什么区别？因为学生要通过大学进入社会，所以大学其实是个过渡，让这些一直待在校园里的学生逐步见识到这个世界的真面目，让他们知道并不是大家都会一直穿着同样的衣服，进入社会之后，大家不会开同样的车子，也不是住同样的房子。虽然从某种程度上，我觉得这样的训练还是太残酷了，但却是最符合现实的。现在这个学生的控诉，看似只是让彭老师帮忙找一个车主，实际上我觉得是针对整个这样的现状提出不满，可能就连学生自己都没有意识到。帮他们更好地适应这样的变化，也是辅导员的工作吧，可不能辜负了啊。"

他拍了拍我的肩膀就走开了。

昨晚相亲的烦心事还没过去呢，又来一宗这样的麻烦事。

我也起身离开座位，准备去上个厕所。走廊上，路过三四个学生，正准备放空一切的我无意之中听到学生的对话。

"哎，你没看到吗，那辆'888'的绿色保时捷。"其中一个男生一副惊讶的样子。

"车我们都看到了啊，但是车牌没看到。"另外一个男生回道。

"车很帅，车牌也很酷，真是叫人羡慕呢！"第三个男生说话的时候，我认出他来了，是我们班的张骄任。我之所以有印象，是因为早前书院学生工作办公室的邓副主任叫我统计学生参加社团活动的情况，他是班里为数不多有社团的人之一，参加的是什么社来着……

几个人有说有笑的样子，看来是同社团的人。大学时期最亲近的人有可能不是同一个宿舍的室友，也不是同个高中上来的同学，而是志同道合的社团成员。

不过这些都不是关键。

"骄任。"我喊住了他。

"彭老师！"他应得很迅速，可能一早就看到我了。

"你们刚才说的保时捷，是在哪里看到的？"其实我有考虑过其他婉转的问法，但想不出个所以然来，干脆直接问出来了。

几个学生也很配合。他们是昨天下午在东门旁边的饭店聚餐完后，一如既往散步回来，在经过图书馆门前的路时，看到了那辆车。

"车的颜色很酷，而且车牌又是特别的三个'8'，一看就知道价钱不菲。"第一个男生不断地强调。

正当我想问他是不是真的看清楚了，第二个男生就插话进来说："你这近视加超级散光眼连车牌都看得到？我戴着眼镜都没看清楚车牌呢。"

"对啊，我也没有看到车牌。"第三个男生即我班上的张骄任也回应说。

"你们别打岔，我就是看到了。"第一个男生反驳道。

眼看三人争执不下，我也不再多问。

因为我已经有了初步的想法——

昨天傍晚，这几个社团的学生在东门附近吃完饭后，散步

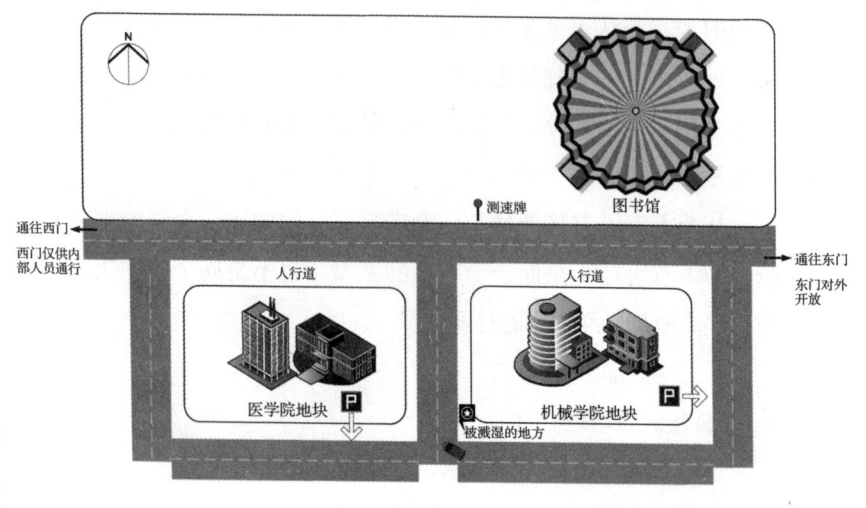

图五

回校，也就是朝着西边走。

而我昨天下午经过学校去往地铁站的路上，也是朝着西边骑车，看到了正猛的夕阳，一度还睁不开眼。

如果当时那辆保时捷是自东向西，也是一样朝着西边的西门驶去的话，也就是说是迎着耀眼的夕阳的话，那么同样朝着西边走的社团学生应该会被夕阳闪得看不清车牌才对。

换言之，车子当时是自西向东驶去的。一般校内的车都会走比较畅行的西门出入，那么这辆保时捷朝东，极可能走的是东门，也就是极有可能不是校内车，而是校外车。

至少这个推理应该可以打消劳水飞想要继续追查车主的念头了吧。

正当我准备告诉学生的时候，突然产生一个念头——要不要先验证一下这个想法呢？

我很快想到一个人。或许我只是单纯地想找她聊聊天。

"温老师，在吗？"

我很迅速地主动敲下这句话。

（四）

已经是晚上八点多了。

没想到她很快就给了回复。

我也很兴奋地把事情经过告诉了她。

"这种事情，不是查个监控就能知道了吗？知道车牌号了，让保卫处的人一查就知道是校内还是校外的车了。"温老师回道。

"劳水飞拜托过我，说不要张扬……"

"彭老师果然还是很体谅学生的嘛。"

我其实也想省点事。一点小事就去保卫处查车牌，反而显得自己像个无理取闹的学生。

"我也认同彭老师想息事宁人的做法，只不过不知道你的推理能不能说服学生……"

"我的推理有什么问题吗？"

"你自己不知道吗？"

"如果只是为了嘲笑我的话那大可不必。"

"我以为彭老师是故意这样说，目的是打消劳水飞报复的念头呢。"

"肯定不是啦，快告诉我，哪里有问题？"

"既然你诚心诚意发问……"

"快说！"

"彭老师，你忽略了一个很重要的点——就是为什么视力更好的张骄任他们没有看到车牌，反而是视力差的第一个男生看见了呢？"

"是为什么呢？"

"有没有可能是基因突变，他忽然变身成了……"

"不可能的吧！"

"对。如果他们是站在一处看向同一地方的话，这是不可能的，也就是说第一个男生跟另外两个人不一样，他并非看到车牌才知道车牌上面的数字的。"

"啊？那他是怎么知道车牌的？"

"测速牌啊！路边不是还有一个测速牌吗？"

"哦哦，但跟我的推理有什么关系呢？"

"你这都没懂吗？测速牌是在北侧的道路旁，如果那辆保时捷如你推理的那样当时是自西往东驶去，那么车子就是行驶在南侧的道路上，这样测速牌是拍不到的呢。也就是说，车子当时应该是自东向西驶去，第一个男生碰巧看到了测速牌上的车牌号，而另外两个人没有留意到。"

"啊，是这样……那么就还是校内车嘛……"

"不过嘛，为什么之前很会冷处理手法的彭老师，到这件事就不会了呢？"

"呃……嗯？"

"这种事情，冷处理不是最适配解吗？你就说在找，问结果就说没找到，不就行了吗？"

"啊……对……我都忘了可以这样做了……"

"这么说来，我们彭老师是越来越有关心同学的辅导员的样子了呢，是好事。"

"连你也要挖苦我吗……"

"不过我说，你在这儿跟我聊天，不耽误跟相亲的妹子聊天吗？"

"什么？"

"我说你，该不会是那种可以同时跟好几个女生聊天的'达人'吧？女孩子可是最讨厌这种人哦。"

"别胡说啦，我只跟你一个人在聊。"打出这句话的时候，我感觉有点脸红。

"那你在昨晚的相亲会上颗粒无收咯，哈哈！"

温老师这句话直击我的痛处。不过，反过来说，可能可以让她……

"对了，说起这个，同为女生，我可不可以请教一下你……"

我把昨晚的经过又跟她说了一遍。既然我不是她的意中人，相互请教下这些事也无所谓吧。

"事情就是这样。你说那个女生，为什么突然变得好像完全没有兴致的样子？"我期待着对方的回答。

过了一会儿后，温老师回复过来："我早就告诉你啦。"

"告诉我什么？"我不解地问。

"彭老师，有时候我们的生活跟做学生工作是一样的，你是怎么定义学生工作的？"

"怎么又扯到这种事情上……"

"我的定义是，除了专业知识学习外的一切事情，都是学生工作。你想想，大学四年对一个大学生来说意味着什么？几乎是人生中最重要的一段时光，全部交在一个可能刚刚离开校园不久的辅导员身上……"她的话跟董老师说的如出一辙。

"你到底想说什么……"我没忍住打断了她。

"我说，彭老师，这么重要的一份工作，光靠一点努力的改变，是远远不够的呢……"

说实话，这段聊天到后段，我是有点生气的。我很认真地向温馨羽讨教女孩子心思的问题，却像被工作上的领导教导了一番那样。就算她是比我更有经验的辅导员……

第二天醒来之后，我感到了冲动之后的些许内疚。之前听过，职场上有人愿意教训你是好事，就怕那些啥都不做等着看你做错事出丑的人。

有机会还是当面跟温老师道个歉吧，顺便能约她一下。

就这样做着美梦的时候，劳水飞又出现在我面前。

——是要决战了吗？

我又尝试跟她唠叨了几句，还是希望可以打消她报复的念头。

依然无果。她执意要知道车的主人。

"关键是我也不知道啊。"我把前天傍晚有人目击过那辆车的事，跟我和温老师分别的推理都告诉了她。

这个时候，董老师凑了过来，问怎么了。见状，劳水飞居然又把上面的事都告诉了董老师，我想挡都挡不住。

"想知道这个车主，不难吧。"董老师轻松地说。

"啊？"我惊讶于董老师的话。难不成他在我们三言两语之下就已经知道了？

"你说的那些报复什么的，我就管不着了。如果只是想知道'这辆车是谁的'这样的事实，我倒是可以帮一下，不过要你们辅导员先批准。"董老师这是把难题抛回给了我。

"老师。"劳水飞也再次转向我。

"我们要不先听听董老师怎么说？"我惊慌失措地说。

"没问题。我先来说一下，温老师的推理，也是不对的。"

"哪里不对？"我发问。

"测速牌是最近才装上的，所以可能温老师不太清楚测速牌的位置，而且她还没有驾照，才会有了错误的推理。不过其实仔细想想也可以知道，测速牌是给本向车辆看的，那么自然是稍微朝着东边放置的，对吧。"

我跟劳水飞都点了点头。

"好，那现在换个问题。你们有没有觉得奇怪，为什么张骄任他们社团的人，会走在有测速牌的北侧那边？"

"这是什么问题……"

"这个问题很重要。你们看，北侧的道路是没有设置人行道的，所以大家一般从东门进来的时候，都会走到南侧的路上、对吧？"

我想了下，自己每天骑车从东门进来之后，也确实都会沿着更近的南侧的人行道走。

"我们再换个问题。你们知道他们是什么社团吗？"

"啊？"我们俩又是几乎同时摆出诧异的表情。

"这个才是以上问题的关键。"

我记得我问过张骄任，但是一下子想不起来。

"都不知道吗？彭老师，这样可不行哦。我记得邓主任不是还让你统计过学生参加社团的情况吗？这是马上就忘了，还是根本没做呢……"

"好了。老师，那他们到底是什么社团呢？是什么汽车相关的社团吗？跟我要找的保时捷又有什么关系呢？"劳水飞追问。

"跟汽车没有关系，他们是'反序运动社团'。还挺新潮的，对吧？"

"逆向运动？"

"对，简单来说，就是倒着走。"

"啊?"这是什么奇怪的兴趣?

"我在学校里见过好几次呢。可能看起来奇怪，实际上这似乎是一种新型的健身锻炼活动，还有像爬行、倒立等，都属于反序运动。总之，他们大体就是这样的一个社团。"

"我还真是第一次听说。"

"彭老师，这可不行哦，大学社团才是发挥大学生多样性的重要阵地，我想邓主任让你调查这个，可不是单纯想知道一个数据这么简单，后续——"

"老师，你们的工作能不能后面再说。这个社团，跟保时捷有什么关系呢?"

我也正想问的时候，突然恍然大悟。

"所以……他们根本不可能留意得到测速牌，对吗!因为他们是倒着走的，也就是说是面朝东边，背着测速牌走的!"

"可真是聪明。这也是为什么他们饭后回校的时候总是走在北侧的原因，因为倒着走，倘若走在南侧的话，那就看不见旁边车道的来车了，会很危险。在北侧的路上倒着走的话，要转过头去才能看到测速牌，如果有一个人转头的话，那么其他人应该也会注意到。"董老师点着头说。

"但是这样一来，不是连测速牌都看不到了吗?那第一个男生是怎么知道车牌号的?"劳水飞追问。

"答案出乎意料地简单。他就是知道车牌。"董老师摊开手。

"哈?什么叫'就是知道'?"我不解地问。劳水飞则若有所思地低下头。

"字面意思啊。车就是他的，他当然知道车牌啊。"

"他就是车的主人啊?"我差点没叫出来。

"嗯。只有这个答案了。这就是事实,接下来要怎么做,就是辅导员的工作了。"

董老师走开之前又拍了拍我的肩膀。

我回想起当时那几个社团学生的对话,后知后觉第一个男生说话的时候有一种莫名的傲娇,原来是在炫耀。

我沉默地看着劳水飞。

——现在自己应该做什么呢?

——一个辅导员这个时候应该做什么呢?

没有人教过我这种时候应该做什么,大学没有教过,领导邓副主任也没有教过。

——如果温老师在……

"我始终认为报复,是一件不应该做的事。"

"老师,我的报复,不是为了报复,而是为了保护。"

"保护?"

"我要保护其他人不再被那样伤害。这就是我要做的报复。"

"我说……"我其实不知道应该说什么。

"谢谢老师。我会报复的,狠狠地。"

她撂下这句话,笑着走出了办公室。

我连挽留都没有做到。

现在，婚礼前
被访问人：王施涛

如果 60 分就可以了，那么我有必要追求 100 分吗？

到现在，这种不多也不少的状态仍然是我的人生态度。

不过也就是在这里跟你聊聊。我平时对外可不敢乱说呢。哈哈。

我这种在体制内的公务员……对，还是需要谨言慎行的。

杨雪枚也是公务员吗？

也对，毕竟有过班干部这种经历的学生，都会想着不要白费。

……

人总得对自己的生涯有所规划嘛，像我这样的人，在学校里也不算少数吧？

但有时候，我总会想啊，到底是做到 100 分难呢，还是只做到 60 分难呢？抱着必胜的决心，向着 100 分冲击，即使没有真的冲到 100 分，也能回落到 90 分、80 分，也足够了。就算规划得再好，工作跟以前上学还是很不一样呢。现在回想起来，我的大学真的是完美得"刚刚好"。

我只做了一年多一点的班长，刚好符合报考我现在的岗位的条件。

当时保研时我也是刚刚好最后一名，比后面一名只多了零点几分吧。

还有那场比赛……说这个就不好意思了,哈哈哈,你不会放在心上吧?

……

这真的有点记不住了。你也知道,我做班长还是大二那年,这都快有十年了吧!那年真是做了太多杂七杂八的琐碎事情,不过这倒是跟现在的工作有点类似……

对了,你问这些,是想要做什么吗?

第三章　来自未来的回复

二〇一六年一月

（一）

马上就放寒假了。工作后的第一个寒假。

但我却高兴不起来。

放假前一周，书院的邓副主任把我叫到办公室，布置了一项艰巨的任务。

"下学期开始我们班就要进入找实习、找工作的阶段了，现在就要摸个底，重点看看有哪些是就业困难、慢就业、不就业的学生，要及时跟踪下。"

真是领导一句话，下属忙翻天。全班加起来一共有38个人呢！要我逐个摸底，那么寒假是不是都不用放了？

见我从书院回来后怨气太重，董老师给了我一个好建议。

"要把38个人的情况全部摸清楚看似工作量大，但实际上只要分解一下，应付领导还是足够的。"

我就差把笔记本拿出来记着了。

"领导想知道的无非是毕业去向的问题，我们就按照去向大类来分。首先是可以保送研究生的，一般能保研的不会不保，即使不保，这些学习能力强、综合素质高的学生也不是彭老师你们需要重点关注的对象。我们专业只有一个班，按照学校的保研率规定不能超过35%，成绩必须进入前35%才有保研资格，也就是说前面35%，凑整就是不会超过13个人有保研资格。早前我们教学工作办公室的周副主任也让我摸了一下底，截止到第五学期，排在第14名的叶芸跟排在第13名的王施涛成绩相差不大。保研的课程成绩只计算大四前三个学年的所有必修课，但下个学期第六学期没有高学分的必修课了，叶芸想要反超王施涛、挤进前13名，虽说不是完全没机会，但也不是易如反掌之事。所以说，13个保研人选基本上能确定了，而且除了第1、第2名，其他人的分差都拉得比较大，次序可能都不会有太大的变化。你想想看，即使最后下来的保研指标没有13个，但已经进入保研资格线的这13个人，是不可能轻易放弃的，肯定也会选择像支教保研、行政保研等其他路径。总而言之，彭老师你交给领导的重点关注名单，就先可以排除这13个人了。"

"王施涛，好像是前一任班长吧。"我突然想到。

"嗯，这孩子做了两年班长，大三这学期开始的时候才辞掉，就是彭老师你刚入职的时候嘛。应该是想把心思更多放回到学习上了吧，虽然他做班长的时候也不是很积极搞活动的那种，但最后还是挤进了前13名……来，我们继续，接下来，就是出国深造这个名单里的5个人，都是让学院出具了推荐信的，大概率会义无反顾地出去，自然也可以排除在彭老师你的名单之外。"

我已经拿着笔记本在记录了。

"接下来是像叶芸这样的学生。下学期不是有生产实习的必修环节嘛，我看看系统，有一、二……六，一共6个，是选择留在校内实验室实习的，说白了，这样的学生是执意想考研究生的，应该也有在准备着。所以这6个学生，彭老师应该也不用列入名单。"

我跟着点了点头，又在笔记本上加上了六个名字。

"剩下还有14个人，可能就需要辅导员逐一去做工作了。不过我想，这里面肯定会有一些人是有明确的就业目标的，比如去什么行业、去哪家企业，说不定都已经计划好了，而且应该占多数。工作量是不是一下子减少了呢？实在忙不过来，还可以叫上兼辅小于，他现在应该挺有空的，他跟学生也比较熟络。"

我正有此意。

小于，名叫于和义，是我们班的兼职辅导员，但其实也就是个在读的研究生，课余时间会过来帮忙做一下辅导员的工作。对他来说，这样的社会实践活动可以计为研究生毕业条件的学分。当然，他也做得很不错，比如说上次邓副主任让统计学生参加社团的情况，就让他帮了不少忙。不过他有一点让我不是太能应付，就是感觉他好像对我不是那么有好感，大概是因为他是学院的研究生，自我认定是学院的人，而我是书院的人。与学院办公室的人对我的感觉不同，院办的人会觉得我只是个应届毕业生，只是个被叫作"老师"的学生罢了，所以无所谓；但对于像小于这样的学院学生来说，我就是外单位的老师，那自然会有分门别派的敌对感。

尽管如此，最后，经过我们两个人的摸底，终于赶在放假前几天把名单给到了领导，上面只剩下5个人。

就当我们放松地祝贺对方假期快乐的时候，领导又下达了新的指示——

让我跟名单上的 5 个人逐一谈话，解决问题。谈话事小，解决问题……这可难了啊……

名单上这最后的 5 个人中还有班干部，他们是既没有读研究生的想法，又没有就业的打算，就是俗称"混毕业"，问什么都是毕业后再说的学生。如果是学生阶段，我或许会好奇他们是怎么考虑的，为何不找工作或者准备考研究生，但是现在我反倒在想，毕业前不急着找工作，好像也不是什么伤天害理的坏事。

国外也有不少大学是提倡毕业后再好好找工作的，但是在国内，这样似乎会显得格格不入。对于学校来说，在基数不大的班级里，那么几个不就业的学生就意味着就业率会被拖得很低、很难看；对于学生个人来说，整体环境会告诉学生，这是对自己大学四年学习和生活的不尊重。

不管怎么说，还是尽早完成这个任务吧。我看着校历上放假的日子，就在领导交代这个任务的第二天，约了这 5 个学生到办公室面谈。

第一个准时过来的就是宣传委员周子懿，上午十点整，他就来到办公室。我是没有想到他居然也是这样一个"问题学生"，明明像班委开会啥的都比较积极参加，但偏偏自己的事情就……

"我说子懿啊，我听说你好像还完全没有就业的准备，是吗？"

"是啊，老师，急什么呢？"他摆出一副好像真的没什么大不了的样子。

我很早就听说他家里条件比较好，要不然他那一堆摄影、电脑的设备肯定是一个普通大学生承受不起的，也难怪他完全不考虑就业。看来搬出"就业是为了生活""就业是为了吃饭"那老一套是不管用的了……

"不过，窝在家里，不就一点都不酷了吗？"我换种思路。

"哦？"

"你想想，即使你在家里做别的事情，但是在外面的人看来，也只会以为你跟那些家里蹲一样，成天无所事事。明明是在做特别的事业，却被误以为是啃老的宅男，这样是不是太亏了……"

"啊老师，对啊，不能这样，但是我也不想去公司当个无聊的上班族呢。"

我把"不要小看了日复一日的上班族"这句话强压在喉咙，继续战略性说："就业不只是让你去企业上班啊，还有很多种形式……"

事实也是如此。在这个新时代，统计就业也包括很多种新的形式，像创业、自由职业、灵活就业等都可以计作就业，只要有比较固定的收入或报酬，都不会把毕业生当作无业游民。有些学生就是不愿意到企业、单位去上班的话，至少要让他们接受这样的方式。

"但老师我还是毫无头绪呢。要做什么……"

"可以从过去做过的事情里找找看啊，比如以前做过什么事比较感兴趣的，自己的长处之类。"

"哦哦！老师，那我考虑一下。"最后周子懿若有所思地回答道。

我能感到他真的开始思考了，说明谈话还是有效的。我看了看时间，谈了近20分钟，随后心满意足地划掉一个名字。

到了上午十一点出头的时候，又来了两个女生，名单上的易爽和商舒蕙。她们俩是同宿舍的室友，易爽我还见过两三次，但是商舒蕙我则是完全没见过，好像连上次学期初的班会她都没有参加，似乎是个比较内向的学生，也符合就业困难户的特征之一。

"老师，找工作要怎么找啊？没有人教过我们啊。"易爽一脸愁容地说。

"你们没有上过就业指导之类的课吗？"我问。

"有啊，但是那个上课的老师讲了一学期的自我认识，完全没有教怎么找工作啊！后半学期还玩了好几节课的分组游戏，跟大二那次无聊的游戏一样，我都忘了自己上的是什么课了呢。舒蕙后面都没去上了是吗？呃……或者我记错了……那个课，总之就是什么都没教。"易爽好像说漏嘴了一样马上改口，商舒蕙则一直是一脸呆呆的模样，不同性格的两人形成强烈对比。有人说性格相近的人更容易做朋友，但是有时候性格相反也可以作为互补拉近两个人的关系。眼前的这两个女生，应该就是这样的类型。

——哪里会有一教就成的课啊。

想了想还是没有说出口。

"老师，真的要这么早就开始找工作吗……"商舒蕙低声说道。

"就是啊，不是还有一年多才毕业嘛？"易爽补上一句。

"现在也不是让你们马上就怎么着，但你看，周围的人都在动身准备了对吧……"面对两人的夹逼，我勉强挤出点话来。

"又不是高考，我们找的又不是同一份工作。"易爽反驳道。

"你们这样拖着也不是办法……总归还是要……"

"但是我们也不知道从何下手啊。"易爽再次强调。

"对呢老师,工作要怎么找……"商舒蕙也跟上。

"一般都是先看看自己对什么有兴趣,然后上网找找看,再找学长学姐了解……"我回忆起自己的求职过程。

"不会的话,找你们辅导员就行了嘛。"人事秘书图老师不合时宜地路过。

"嗯……我也可以给你们一些做简历、准备面试的指导……"我只好这样说。

"我们好几次来找老师你都不在。"易爽立即说道。

"不会吧,什么时候?"我问。

"下午五六点。有时候晚上来老师你也不在。"

"那时候我下班了啊。"

"那老师你上班的时候我们也在上课啊。"

"这……"

——我总不可能加班等你们来找吧?

"而且辅导员老师是住在男生宿舍楼,我们也不好到你的宿舍去吧。之前温老师在的时候,她还经常会来女生宿舍。"易爽又说道。

"唔……你们可以通过那个W软件联系我嘛,我看到消息都会回复的。"

"老师,女生之间是有很多东西说起来不方便的。"

"你是说如果是之前的温馨羽老师……"我逐渐明白她们的意思。

有信任我的学生,也有不信任的。她们大概是属于后者。

名单上看来暂时得保留这两个名字。

下午两点的时候,来了第四个人。

常言道，聪明易被聪明误。现在面前的温究一给我的感觉就类似这样。他的思考能力不错，但问题出在他思考过多了，总纠结于工作乃至人生的价值。对于这种问题，不要说还没毕业的大学生，就连我这样已经读完研究生，并且已经工作了一段时间的人都给不了答案。

总是纠结于有没有意义才开干，人生就没法迈出下一步。这原本应由我这个辅导员向着学生大义凛然说的话，但我始终说不出口。

"导员老师，我想知道，丁甲又是怎么跟你说他的就业方向的？"他突然问。

我记得丁甲好像是那个悬疑小说爱好者，学期初班会弄丢手机的事件里，他跟温究一可谓典型的一唱一和，后面还一直追问我跟董老师真相是什么。

"他说可能准备考公务员，或者考虑进学校做教师什么的。"

"那你觉得他说的是真的吗？"

"嗯？"

"据我了解，那个人除了推理小说之外，对其他事情一点兴趣都没有。像这样的谈话，如果我想敷衍老师，随便编个借口就可以了，又不是要拿着就业协议书来证明的事情。所以对老师来说，我猜也不过是向上级交代而已，没必要费这么大劲吧？"

"也不能这么说吧。统计是统计，真正要的还是让大家都做好职业规划，找到……"

"找到最理想的工作嘛？那我又说回丁甲，真要说他想要做的工作，只有可能是推理小说作家，绝非他所说的公务员或者什么教师。老师，像这样既浪费你的时间，又浪费我们的时间，真的有必要吗？"

所以太聪明也不是好事。不过他又说得对。

犹犹豫豫之下我在名单上划掉了他的名字。

离开办公室的时候，温究一回头冷冷地跟我说了一句："对了，以前的导员温老师，她是不会一上来就问就业的，她问我们的是——你到底想做什么？这样的话，还挺像在关心我们的，至少听起来像。"

学生说话有很客气的，也有像这样很直白的，我已经学会习以为常了。我可不会像对领导那样点着头说"说得对""好的"。

一直到下班时间，我望着名单上最后一个还没来的名字，心想幸亏今天还有其他事情要加一下班。

——今天能不能全部解决掉？

像温究一说的，只要不是那种非常难办的问题学生，就不用给自己徒添太多无谓的工作。而且真的到了这班学生毕业要解决就业难题的时候，也是一年之后了，那个时候我早就不在这个岗位上了，也不再是我的难题。

也就是说，这个辅导员岗，我最多再做一年多。

我开始庆幸自己当时选的是辅导员。师兄说得果然没错，辅导员的岗位就是进退兼得。在辅导员的岗位上干够两年之后，就可以选择继续留任辅导员，或者选择转为行政管理岗位。这样的政策大概是为了让学校里的管理层都有一定的学生工作经历吧。

这几个月来，我开始意识到自己真的不适合干辅导员。我的如意算盘是，干够两年后就转行政岗位，这样我既可以脱离辅导员岗，同时又不算是人事异动，不会影响这个岗位招新人。

我走了，学院也好，书院也罢，他们再来挑选更合适的新人就是了。

反正我是不想做了。

到了晚上七点，我准备走的时候，来了最后那一位——苏畅。陌生的脸，估计之前都没有参加过班里的活动，我也是第一次见；看上去很瘦弱的女生，话不多，但算不上商舒蕙那种内向、腼腆的学生，大概是独行者一样的角色吧。

她的问题也没有什么特别的，都是老生常谈的困难，本就打算下班的我也没想着细究，没料到最后我说"那就这样吧"的时候，她却问了我一句："我要怎么知道未来的我是怎样的？"

"嗯？什么意思？"

这把我问愣了。这什么问题啊？

"老师，我可以问未来的自己吗？我要怎样才能跟未来的自己对话？"

这个问题乍一听很荒谬。人怎么可能跟未来的自己对话呢？以前高中的时候我玩过时光胶囊，就是把一些东西埋在地下，若干年后再去挖出来，看看过去的自己想跟未来的自己说些什么，但是即使知道了，未来的自己也不可能再给过去的自己回应。

信用卡是不是一种对话未来的方式呢？相当于用未来的自己的钱，但是也不可能知道未来的自己要是知道过去的自己如此消费，会有什么反应。说白了，都只是单方向的，谈不上对话。

"未来的自己，跟现在的自己、过去的自己，其实都是同一个人吧，都是你，这个有必要区分吗？"几番思索后，我挤出这样一句话。

"只有这些吗?"她莫名其妙地说了一句。

说到这里我想起了两年前看奥斯卡颁奖典礼时最佳男主角得奖者的感言——我不用对未来的自己有所期待,因为我早晚会成为他。似乎用在这里也算贴切……

但这样大义凛然的漂亮说教我还是说不出口。

很快我打发掉了她,迎来了我的下班时光。但方才最后那个学生苏畅的问题还是让我有点耿耿于怀。

——要怎样才能跟未来的自己对话呢?

我拿起了手机,自然找不到未来的自己,但是我能找到——

(二)

"彭老师又是为学生加班到晚上的一天喔。"对方仍然是爱发笑脸表情的温馨羽,前任辅导员。

"今天真是累倒了。幸亏最后排除到只剩下5个问题学生。"我又把5个问题学生的事情都跟她说了。

"确实是有难缠的学生呢,那个易爽我还有印象,是个很开朗,嗯,很能说的姑娘。"这一点白天易爽也提过,大二开学有一次在N大学草坪搞活动,这个学生啥都没做,净拉着当时的辅导员温老师在草坪上聊天,从开始到结束,一直缠着她。

"还有,最后那个叫苏畅的学生,"温老师又发来新消息:"她那时候也问过我同样的问题。"

"那个问如何跟未来的自己对话的学生?她也去了那次的草坪活动?"

"她没有去。那孩子是那种不爱参加集体活动的女生,就连这种一学年可能只有一次的活动都没有参加,我甚至都没有见过她本人。我之所以对那次印象特别深刻,是因为就在易爽缠着我聊天的时候,她也在找我。"

"她不是没有去吗?"

"她在 W 软件上找的我啊,就是学院那个公用的账号。就在易爽一边喋喋不休地跟我聊各种各样的话题时,她也在 W 软件上不断地给我发信息。刚开始是为没来活动请假,后来就变成问这个跟'未来对话'的事情。我当时要同时面对两个学生,你知道有多痛苦吗……"

"那你当时是怎么回复她的?"

"我咋知道。"

"啊?"

"我是说,我怎么可能知道怎么跟未来对话这种超次元的方法啊。"

"呃……"

"我也是说'我想想看,再告诉你'。"

"那不就是拖着嘛……"

"那可不是,我回复的时候很认真的,毕竟是学生第一次主动找的我,她最后还给我发了个'谢谢老师'的可爱表情。有时候啊,我说彭老师,学生想要的不一定是答案,而是我们老师对待他们的态度。"

"但今天学生就是想要我给出答案啊。"

"那可能经过一年的寻找,她决心要找到答案了呢。"温老师又发来一个笑脸表情,这是表示她在开玩笑。

"不过,"她随即补充道,"现在的学生都是很敏感的,跟自己相关的哪怕是一点芝麻绿豆大小的事都会上纲上线。我又记起来了,像当时学生们玩分组游戏,易爽那个女生中途跑出来找我，导致有一个组少了一个人并且最后还输掉了游戏，那个组的其他成员就意见很大，一直跟其他几个组在闹情绪，搞到挺晚的。那时候我跟彭老师你刚进来这个岗位一样，想着不就是玩个游戏而已，怎么因为这点破事还要延长我的工作时间，也觉得很无稽。"

"所以这是你辞职不干了的原因吗？"我顺势问。

"也不全是。"

"不要故弄玄虚。"

"彭老师，多说不如亲历。可能以我现在的身份说出来怪怪的，但是彭老师，你认为大学是个服务机构吗？"

"像公务员、政府那样的服务机构吗？"我想了想温馨羽现在的工作。

"公务员肯定是服务岗位，但是大学里面的行政人员也是吗？这意味着大学也是个服务机构吗？你是个服务员吗，彭老师？"

"服务员……"

"当然不是，对吧？那是一个管理机构吗？彭老师你是个管理者吗？管理是什么？课堂上说管理就是决策，那彭老师你是个决策者吗？学生，或者家长，是商品或者客户吗？"

"好像都不对……"

"都不对是吧。其实我也说不清楚。我并不想用'保护者'这个词，但是真要我说，我觉得大学，是一个'维护'性质的场所，我们这些'老师'，就是要给学生们，或者教师们创造并且维护好这个场所，然后在这个开放的场所里，师生们就可以自由地做他们想做的事情。那么问题又产生了，既然我们可能真的是个保护者，那么，谁来保护保护者呢？"

"我没有你想得这么深远，我还以为学校都是很纯粹的地方。"

"越是在学校这样看似单纯的环境里，除了应关心学生，还要记得同样关心自己。"

虽然温馨羽没有加笑脸的表情，但我依然认为她这样说更多是开玩笑。

只不过没几天就应验了。

放假几天后，正睡着懒觉的我被电话吵醒，一看是学工的领导邓副主任打过来的，我就知道非同小可。

大体就是假前我跟那几个问题学生的谈话，好像被写成帖子发到网络上引发了舆情，被学校宣传部门监测到了。书院和学院几位领导上午召开了紧急会议，商量对策。有领导认为既然学校相关部门已经处理掉这件事了，我们就不必再做什么多余的事情；但也有领导认为至少应该知道是哪个学生发的帖，有必要暗中调查下。

邓副主任暗示我要做后者。不管有多少个不情愿，这件事毕竟因我而起，我也没法推脱。网海茫茫，要找出一个发帖者，绝对不是辅导员的职能所及，但我比较肯定就在最后谈话的那5个学生当中。原帖还没被删，内容一看就知道是那天跟我的谈话，大概就是说辅导员管得太多诸如此类的话题。点赞量有三千，回复更是高达五千，浏览量则是过万了，想必学生自己也没有想到能引起规模不小的讨论吧，而且也肯定没想到会被学校监测到。

重点是，发帖者到底是5个人中的谁呢？

还是得从帖子本身下手。影视作品中有很多 Tech Boy 的角色，跟着一个IP地址就能锁定嫌疑人，这样的工作对于IT技术高手来说是分分钟搞定的事情吧。但对于我来说是不可能做到的。

我留意了一下 IP 所在地下方的发帖时间,正是谈话当天的 14 点 11 分。我把 5 个谈话人的时间都列了出来——

第一:周子懿,时间是上午 10:00~10:20
第二和第三:易爽和商舒蕙,时间是上午 11:00~11:40
第四:温究一,时间是下午 14:00 开始的,持续了十几分钟
第五:苏畅,时间是晚上 19:00~19:30

能不能大胆推断,在发帖的这个时间段和之后谈话的学生都可以排除呢?这样的话,就只剩下上午谈的 3 个人,可是……

在那之后第五个谈的苏畅,即使谈话是在发帖之后,但是白天的谈话她会不会已经打听到风声,从而提前产生了厌恶感呢?

第四个谈的温究一也有同样的动机,而且谈话的时候他是坐在我对面,要在台面底下摆弄手机发个帖也不是什么难事。

我试了一下,发现发帖时间是没法修改的,但现在来看,这个时间已经价值不大。

——真是的。

辅导员真的要做这样的工作吗?即使想着还有不到两年就可以换岗,我还是难受。现在明明是在放寒假中……

无聊中继续刷帖子,我发现如果只是最初帖主发布的内容,既没有提及学校,也没有提及人名或者姓氏,应该不足以被学校监测到。每个高校肯定都或多或少有同样的问题。

关键是下面的回复。下面某一层有人回帖说辅导员藐视学生，不把学生当回事，学生对辅导员说了真心话，辅导员却不理不睬，反正就是对辅导员大骂一顿。随后这层引来了一堆回帖，帖主也被引得下场跟着一起骂，逐渐才引出我们 G 大学的名字，应该这才是被监测的源头。

我继续往下刷——仍然是一堆轻则抱怨重则谩骂的回复和跟帖，尤其以帖主跟那个最初的回帖者互动最多。我懊恼地继续往下拨到末尾，帖主回了句"以前那个女辅导员也是一样，要不就啥都不管，要不就是像现在这样管得太多"，而就在这句之后，那个回帖者就不再回复了。

所有的线索到这里也就断了——

正这样想的时候，易爽主动找到了我。

（三）

她承认了自己就是帖主。

那天谈完话后，她一时冲动，就到网上发帖宣泄。她很主动地承认错误，并且说自己也没有想到会引起这么大的反响，会马上删帖澄清。我也觉得学生其实没有恶意，在想要不要跟邓主任劝说就此了事。

因为就算要追究的话，也罪不在她。

真正引起这次风波的人，我已经知道是谁了，但问题是我不知道应该怎么说。

是直接找到学生本人，然后像电视剧那样当众指出——你就是……且不说现在是放假期间，再说这也不是我的角色该做的。

上报领导，让领导来定夺，这样我就万事无忧了。只不过，这样做，真的是一个辅导员该做的吗？这样做肯定最符合规定，但是这样的辅导员，跟帖子中被大家唾骂的那种又有什么两样？而且万一弄错了，岂不是更加尴尬……

我重新梳理了一下思路。

最初的帖子是第二个谈话的易爽发的，这跟她本人承认的一样，应该没错。最初的帖子内容虽然也略微尖锐，但应该还不至于引发大范围的舆论并被学校系统监测。真正引起这一切的是后续的回复帖，一系列的回复才带出学校的名字，所以说那个回帖者才是真正应该找的人，而且极有可能还是在那5个人当中。

但要怎么知道那个回帖者是谁呢？

线索就在帖主回复之后，那个回帖者就再没有加入这场对高校辅导员的口诛笔伐之中了。

为什么会有这么大的转变呢？原帖主只是说了"以前那个女辅导员也是一样，要不就啥都不管，要不就是像现在这样管得太多"的话，这话也并没有为辅导员开脱，听起来不是什么能令人产生彻底性改变的话。

但实际上正是这句话，就有着这么强大的力量，使回帖者不再一起指责辅导员。

恰恰就是"改变"。

这时候留意下回帖者最初的回复——

"蔑视学生，不把学生当回事，学生对辅导员说了真心话，辅导员却不理不睬。"

蔑视学生、不把学生当回事，这些放在5个学生的身上都可以代入理解，但是"对其说了真心话却不理不睬"能对应的，就只有一个人了。

第五个谈话的苏畅。

她问了我关于跟未来对话的事情，同样的问题她也问了前任辅导员温馨羽，说明她真的很在乎这个问题，是出于真心发问的。虽然我的应对算不上回答，但说不理不睬，应该也说不过去吧。那么可能性只有一个，她说的"辅导员"，或者说，她理解的"辅导员"，跟我不是同一个人。

在我看来，同一个问题，苏畅是既问了前任辅导员温馨羽，又问了我这个现任辅导员，在不同的时间问了不同的两个人各一次；但在苏畅看来，她是问了同一个人同一个问题两次！

因为我人属于书院，不常在学院，除了一些定期的班干部会议和集体活动外，学生也没那么容易见到我，所以肯定会有学生甚至不知道前后换了两任辅导员。

第一个谈话的学生周子懿是宣传委员，经常参加班会，他见过前任辅导员和我，知道已经换了辅导员。

第二个谈话的学生易爽，她在谈话的时候明确提到换了辅导员的事情，她肯定也知道。

第三个谈话的学生商舒蕙是个内向的学生，可能都不怎么参加集体活动，她有可能不知道换了辅导员。但她是跟易爽一起过来谈话的，所以即使之前不知道，听了易爽的话，肯定也知道了。

第四个谈话的学生温究一，他也明确说过前后辅导员不同，他肯定也知道换过辅导员了。

那么就只剩下第五个谈话的苏畅了。她既不是班干部，平时也不参加集体活动，所以她很有可能并不知道已经换了辅导员。大二初的草坪活动时，她是通过W软件向上任辅导员温馨羽发问的，温馨羽用的是学院的公用账号，所以苏畅没有见过辅导员本人，也不知道辅导员到底是男是女。我找她谈话的时候，恐怕是她第一次见辅导员吧，这时她至少知道辅导员是男的了，但当她再次问出"如何跟未来的自己对话"这个问题时，作为辅导员的我却是第一次听到的样子，在她看来，就好像是我已经忘了一年多前她问过同样的问题一样，那就是她生气，并回复帖子说"辅导员对学生的真心话不理不睬"的原因。

后来她看到帖主即易爽的回复说"之前那个女辅导员"时，终于意识到辅导员可能换人了，因为性别都不一样。她意识到自己可能怪错人了，并不是辅导员忘记了，而是换了新的辅导员，所以就没有再参与到责骂中。

不知者不罪。如果说我是因为不知道苏畅之前问过同样的问题而引发这次的事件，那么苏畅也是因为不知道换了辅导员才引起这次的误会。

我们俩是同罪。

但我不觉得自己有做错什么，那苏畅也一样。

我们俩是同等无罪。

我脑海中有另一个想法。什么都不跟领导说，就当是我没法查清楚是谁发的帖，易爽和苏畅，她们的事情我都不会告诉领导。这种类似IT技术人员甚至侦探才能做到的事，我区区一个辅导员做不到也很正常，反正也有领导认为可以大事化小小事化了。

怎么着对我都没有影响。

其次考虑的是学生。易爽我已经说教过了，做任何诉求的时候都应该讲求方式的合适性，一时冲动可能自己爽了，但没有考虑到其他人，这都是些老套说辞，我只能说这些。

但在怎么对待苏畅的事情上我犹豫了。既然她没有做错，那么说教的方式就是不对的。

还是说应该借以"跟未来对话"为由跟她语重心长地再谈一次？真的有效吗？这次我会有什么有说服力的回答吗？

我越发感到辅导员的学生工作是如此艰难。不花心思地深思熟虑，只是按照规定规矩和领导的指示来办，那么背离了学生本意甚至无意中伤害了学生的事情就很有可能发生。因为这些大学生都已经是成年人，尽管看上去他们跟中学生没什么区别，实际上也可能真的没有什么区别，但是他们很敏感，或者不如说是脆弱。在即将接触到陌生社会前的大学衔接阶段，如果能有可以依赖的人，比如说一个可靠的辅导员，一个能对其说出真心话的辅导员，一个能给自己有力回答和意见的辅导员，那对学生日后成为一个合格、优秀的社会人必定是再好不过了。

辅导员负责的应该是学生的"个人"，而不是那些规章制度。

我躺在床上，脑子里不断映出同事的话语。

——不过……

我突然想到——

我之前从自身的角度，认为苏畅是因为换了辅导员，所以才把同样的问题问了两次。因为第一次问温馨羽的时候没有得到回复，所以现在换了新的辅导员，她才会重新问一次。

但现在从她的角度来看却不好解释了。

她不知道换了辅导员的事，在她看来，为什么要把同样的问题重复问同一个人两次呢？时隔一年多，她该不会认为之前没想到答案的辅导员即使已经有了答案也不主动告诉她吧？

"啊，还是这个问题吗？就算是老师我，也没法得知答案呢。"

我想即使是这样的回答,她应该也可以接受。

但她绝对不是在故意考验辅导员是否有记住她的提问。

那她为什么还要这样做呢……

我想翻查一下一年多前温馨羽用学院的公用 W 软件账号跟苏畅的对话,但因为不是在同一台设备登录,所以没法查看。

——即使没有刻意的追求,我迟早也会成为未来的我。

我想起那位奥斯卡最佳男主角的话。

或许我想复杂了,对苏畅自己来说,她并非把同样的问题问了两遍。

她只是在回复过去一年多前的自己。

作为未来的自己。

——我到底在说什么?

一下子我自己也说不清楚。

我再次、再次感到辅导员的学生工作是如此艰难。

幸亏,只剩下不到两年的时间了。

现在，婚礼前
被访问人：易爽

老师！好久不见！

有吗？得快有十年了吧？我都成老阿姨啦。

……

话多？我吗？真的有吗？我都是想到哪里说哪里，想到什么……

……

工作嘛，哪里不是干活。说到这个，我印象最深的，就是那会儿都还没毕业呢，老师你们就拉着我们不断在问找工作、就业的事情。不知道现在的学生还是不是这样。我听说现在的学生，很多都跟我那会儿一样，慢慢地找工作，甚至不找工作。我就说这是趋势嘛。让我们找工作，本身就是老师们的工作，是吧？

……

今天见到了很多很久没见的同学呢，老师你也一样吧？

大学的生活总是有遗憾的，今年是我们入学十周年，那些日子，感觉就是眨眼间的事。跟辅导员和老师们聊天，以前我总觉得很烦，但现在啊，我还是蛮怀念那种日子的。记得大三那会儿，我曾经因为很烦老师经常找我聊找工作的事情而在网上发过一个帖子……

……
所以能再跟老师这样聊天,还真是恍若隔世……
老师你看,上了年纪的老阿姨,就喜欢这样说话,对吗?

第四章　就业方向是 YouTuber

二〇一六年四月

（一）

第二个新学期开始有一个多月了。随着对工作的适应，我也逐渐轻松起来。由于我人事关系在书院，所以无须参加学院组织的其他事务，只要没有特别的事件发生在学生身上，我就没什么可干的。

上个学期快结束的时候，领导曾交代让我去调研一下班上38个人的毕业去向，虽然期间弄出过一些小风波，但最终我顺利交了差，也算度过了职业生涯中第一个愉快的寒假。

新学期开始，我带的这个班就进入三年级下学期了，用领导的话来说，就是进入实习、确定毕业去向的关键期。因为国内流行"金九银十"的说法，即无论是继续攻读研究生，还是选择就业找工作，每年的九月和十月是最佳时期，这时学生既相对有时间准备，同时也恰逢各大企业公司的招聘季。

这个规律对于我这种应届毕业生来说也算熟悉，毕竟自己也经历过。即使在大三上学期还是懵懵懂懂、一无所知，但到了下学期就必须全副武装上战场。冲击保送研究生的要全力冲绩点保名次，没办法保研、需要参加研究生统一考试的要着手准备复习考试，找工作的要开始接触各类实习和面试，争取在大四学年一开始的"金九银十"就拿到内定。

其实对于普通的本科学生来说，这三种基本上就是全部的毕业去向了。对于大一大二还沉浸在经历了残酷高考后解放出来的疯狂和喜悦中的大学生，马上就要面临下一个更残酷的阶段了。高考大家都没得选，就朝着一个分数高低去；但到了大三大四，你必须选一个去向。到底是读研究生还是找工作，得选；读研究生要选什么方向、选什么导师，得相互挑；找工作要找哪一行，找哪家公司，找哪个岗位，都得选。

这其实更为残酷。

因为没有人会像高中教师那样教你解题，在你不懂的时候给你公布答案、解读答案。大学毕业之后，没有标准答案，你得自己去选、自己去解。

辅导员，理应是像高中教师那样的角色。也有人这样说。这也是我为什么决定不再做辅导员的原因。

刚刚毕业不久后的我，怎么有资格去左右人家的人生呢？

但学校里的老师们常会挂在嘴边的一句话是："现在的学校，都把学生给宠坏了。"

每当讨论到这里的时候，董老师也好，图老师也好，他们都会说："以前大家都在讨论是'行政治校'或者是'教授治校'，现在倒好了，直接变成了'学生治校'。"

这些话题在我听来就像平时在听朋友们讨论金融炒股的话题一样，我既没有兴趣，也不懂相关的内容，也就是听着。这些宏观政策性、战略性的事情与我无关，我总是这样认为。

尽管如此，根据领导的安排，我还是需要定期找几个问题学生聊天，跟进其就业情况。

就在我找宣传委员周子懿谈的时候，他给了我一个意外的回答。

"老师，上次谈过了之后，我决定了，我要做一个YouTuber！"

我一下子没有理清楚。这是做什么？

"就是视频主播，就像国外YouTube上面那些上传各种视频的播主。"

大概是我给他灌输了自由职业、灵活就业的概念，看来他真的做了一番研究，包括国内有哪些视频网站平台、上传视频的产出、收入的来源等，给我详细介绍了一遍。

对于家境富裕、不愁吃穿的周子懿来说，赚钱本来就不是就业的目的……

"是怎么想到要做这个职业的呢？"我好奇地问。

"这都是多亏了老师的提醒。你不是让我找找看以前做过什么感兴趣的吗，我发现自己好像还是对做视频这些影像处理相关的事有兴趣，然后我就去看别人上传到平台上的视频，我总觉得自己可以做出更加有趣的东西来。"

"啊……是吗……"看来我无心的一句话也可以给学生带来启发。

"回想起来，这就好像是我注定会做的工作。老师也知道我大一就自荐当了班上的宣传委员吧，因为高中的时候我就已经学会处理图片和视频了，但实际上到了大学却没有怎么用到，学校里也没有相关的社团。我们大二刚开始那会有过一次集体活动，在旁边N大学的草坪上搞的，还玩了个分组游戏，老师应该知道吧？"

我点了点头。

"现在想来，那次活动才是契机。但实际上，那次我没有去。"

"这样吗？"我奇怪地问。

"对，我因为脚受伤了没有参加，但这不是重点。起因是劳爱勤，当时她已经是我们班的素拓委员了嘛，活动就是她搞的，中途她在我们几个班干部的W群组里发了一张图，说拍到了一张不错的照片，副班长杨雪枚说照片很适合用来放到后续宣传的稿子里，但是想把照片背景里的一些东西删掉，就让我来做。当时我腿动不了，闲着也是闲着，就给做了。我把她不想要的东西都完美地删掉了，老师应该清楚吧，像那种背景复杂、有人有车有垃圾的，全部删掉，然后只保留风景是不容易的，幸亏照片里都是单个的人，我还是做到了完美地删掉了所有人像，做好了衔接处的处理……对了，我还把辅导员老师也删掉了。"

"我？"

"不是您啦，您当时还不是我们的辅导员。"

"哦……"

"收到处理后的照片，其他班干部都很满意，这让我自己也感觉还挺得意的。那次之后，我也做过一些图片和视频的处理然后放到网上，也收获过一些好评，但我从来没有想过这可以当成一个职业。就是老师您启发了我！这个学期以来我已经做了好几个了，老师您也可以去看看，账号是……"

我陪着笑了笑，总觉得有什么不对的地方。或许是这个职业听起来有点太标新立异了，让人总想持传统的观点去反驳一下。

就业的时候，方向的选择无非两个，做自己喜欢做的事，和做自己擅长做的事，两者未必一致。如果恰好自己喜欢做的事自己也擅长，这样的相互奔赴是不应该轻易放弃的。

多一事不如少一事，周子懿看上去对这个职业还蛮有热情的，至少学生不再消极就业，还是不要说打击的话了。

到了晚上，无聊的我注册了一个直播平台账号，刷起周子懿做的视频来。我想看看他所谓的喜欢之事，到底是不是擅长。

我怕他有点误解这个职业了。他认为自己擅长处理图像和视频，但实际上处理技术和做出来的视频是否受网友欢迎，是完全两码事。就像我前面调研时，有学生说自己喜欢做的事是写小说，梦想是当作家，但也同样认识到自以为写得好跟被出版社、被市场认可是天差地别的，所以这样的爱好难以发展为职业。

看完周子懿之前发布的视频后，我觉得他果然存在同样的问题。他发布的都是一些日常的生活体验、旅游的分享视频，可能拍摄或剪辑的手法用得很不错，但没有让人想停留细看或者点赞评论的动力。现在的媒体娱乐就是这样，大家并不想花太多工夫在细磨慢研上，都是追求一些快感和话题性，换言之叫爆点，平平淡淡的东西是没有人看的。

周子懿的视频就是缺少这样的爆点。

我继续刷，一直刷到了最新的视频，是几天前上传的。

我点开来看——

一开始镜头在一个好像是居民小区的地方，随后出现周子懿的脸。他戴着一顶帽子，对着脸自拍，介绍说这是家里刚刚给他购置的新房子，带大家参观一下。

——这家境……

这么说完，我想起好像他早前确实申请了退宿。还没毕业就能拥有自己的房子，直看得我羡慕不已。

有几条弹幕发出了跟我一样的心声——

"还没毕业就能有房子啦。"

"有钱人家啊！"

"车买了吗？"

"多贵的房子啊？"

周子懿好像用的是某种便携式摄像头，他说这是新买的设备，一个很小的摄像头，可以挂在帽子上，解放双手。说罢，镜头慢慢移动，应该是被他挂到了帽子上，开始拍回小区环境。可能因为挂的位置不太对，镜头有点偏高，他也解释说需要时常低头。并且用摄像头的话，也看不到弹幕，下次会考虑改用回手机和直播的方式，能跟大家更多一点互动。

好像是能看到弹幕一样，他继续介绍道，房子并不贵，属于共有产权房和商品房的混合型。小区里的楼统一都是32层高，但只有商品房才有带停车场的地库。

他环视了一圈楼下的小区花园，没有拍到几个人，他也说现在新房交付得不多，几乎没有什么住户，很多楼层都还是空置的，开玩笑说欢迎大家来做邻居。

"看了很久都没有拍到其他人呢！"

"是在市区吗？"

"空屋！"

"不会是烂尾楼吧？"

又掠过几条弹幕。

随后镜头进了一楼，这时拍到了一个戴着口罩的女人在等电梯。可能因为室内外光线变化，镜头晃了一下，又被周子懿压低了，先是扫过了电梯的显示屏。两部电梯，一个显示着向下的箭头和数字"18",另一个没有箭头,显示停在"19"楼,然后镜头马上转到女人的腿部。可能是意识到自己把镜头压得太低了,怕被当作偷窥犯,他又马上把镜头稍微抬高,对着前方电梯门。(见图六)

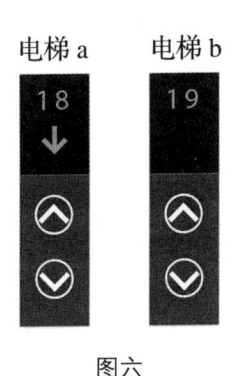

图六

一小会儿后,刚才向下的电梯到了,门开了,镜头即主播周子懿先走了进去,但在楼层按键处停顿了一下。原来是按键灯没有亮,隔得远看不清楼层数字,估计是交付不久很多地方未完全调整好。周子懿凑近过去,镜头也随之拉近,突然女人的背影出现在镜头中,应该是女人也走进了电梯,迅速按了楼层"15",周子懿避让了一下,最后也按下了自己所住的楼层"18"。

女人在 15 楼下了电梯,之后镜头在 18 楼下了电梯。电梯门一打开就能看到"18"的大字,楼层是两梯四户的布局,楼道内很干净,似乎还没有人搬入。周子懿一边开门一边介绍说现在整个 18 层只有他一户,而且楼上也还没有人搬过来,环境很安静。镜头走进房间,布置很简单,还没有购置太多的家具,只有书房里的一张电脑桌和客厅里的一套健身器材。

这一段视频就到这里了。

比在刷无聊视频的我还要无聊。拍的就是普通的日常生活。

我看时间不早了,正准备退出的时候,看到今晚居然也有直播,而且刚刚开始。

反正都是无聊。我又点进了直播间。

今晚直播间的标题是《#大学生外宿#在外买房#开卷》。这次的标题倒是比以往的稍微吸引眼球一点。

我进去直播间的时候,镜头正在急促地走路,比上一个视频多了些摇晃,感觉像是拿着手机在拍摄。周围比较黑,只能看到几盏路灯摇曳,大概也是在他新买的小区里。

"终于回到家了,兄弟们。"传来周子懿在直播的声音。

镜头也走进了楼道,刚好拍到电梯正要关门,周子懿立刻冲了进去。

从直播镜头里可以看到,电梯里已经有一个人了,这次是个戴着眼镜的女人。可能见到周子懿举着手机,女人退避了一下,跟周子懿拉开了些距离。

深夜,人少的小区,一个男人举着手机冲进电梯,难免让两人在电梯里显得有些尴尬。

女人先按了楼层,然后周子懿按下自己住的"18"楼层。夜里电梯的按键灯也亮起来了,4列按键整齐的排列加上金色的外边框,显得有点豪华。

就在这时,一条弹幕吸引了我的注意——

"还是那个女人。"

接着又有一条——

"还是上次在电梯里碰到的那个女人啊!同一个女人!"

"你怎么知道？"

"好像有点像……"

"我也认出来了，穿着同一双 Alexander Wan，稀有款，错不了！"

又引来几条弹幕。

"以鞋论人？"

"一双鞋认出人啊！牛！"

"缘分呢！"

"这都能遇上？"

"#神奇的缘分……"

"看着像美女哎。"

"别愣着了，快上去搭话啊！"

"快搭讪！"

"缘分！快上！"

又是好几条弹幕怂恿周子懿搭话的。

对于主播来说，观众就是上帝。周子懿也只好稍微放下手机，跟对方说话。

"啊……你好，我们是不是见过？"他支支吾吾地说道。

女人还是有所防备，轻声回道："我前几天才搬过来的，当时忙着搬家，没有什么印象了。"

"哦哦这样……这么晚才回来呢……"周子懿也比较腼腆，显然是不知道所谓搭讪应该说点什么。

"我下班比较晚，习惯了晚休。"女人也随便回了句，没有深入聊下去的意思。

随后短暂的电梯时间里，两人又简单地寒暄了两句，周子懿很积极地想找话题，但女人似乎无暇应答，敷衍了事。

最后女人在 16 楼下了电梯。周子懿意犹未尽地说了句"拜拜",然后上到了自己 18 楼的家。

"扯得太生硬了吧。"

"话术有待提高。"

"女生没兴趣,完了。"

"来日方长。"

又多了几条调侃的弹幕。显然热度比之前无聊的日常高了不少。

镜头进屋后,周子懿没有暂停直播,说现在才是深夜开卷的时候。说罢镜头被搁置在架子上,对着客厅,周子懿出现在镜头中,居然开始玩起健身器材来,一时间充满喜感。

"太搞了吧!"

"笑死我了!"

"这么晚还健身?"

"楼下会有意见吧?"

"想看看主播脱衣露肌肉。"

"可以脱吗?"

"会被禁的吧?"

"绝对会禁,所以快脱。"

周子懿不时也会看弹幕,然后一边举着哑铃一边对着镜头说道:"这才是大学生的生存之道,不会浪费任何时间。兄弟们,就在你们准备睡觉的时候,我也在锻炼自己呢……楼下?楼下还没有人住,不用担心啦……下次再脱,呵呵……喝口水先……"

"不是喝牛奶更加合适吗?"

"说喝牛奶的那位是想让主播表演什么吗?"

"表演什么?"

"表演什么？"

"你们笑死我了。"

消失了一会儿的周子懿又出现了，说家里居然没有矿泉水了，准备下楼买两瓶。

"真的是去买水吗？不会是准备下楼去吧？"

"＃缘分！"

"买水不如下楼！"

弹幕的热度不减。周子懿拿起镜头，说就是去买水啦，都瞎说什么呢，然后来到电梯前，按了向下的按键。但发现刚才上来的电梯死死地停在了15楼，而另一部电梯则要从1楼上来。

"还要等这么久啊，还是算了，刚烧开的水都摊凉了。"镜头里的周子懿说道。

直播没过太久就结束了。

虽然不算爆，但是总比之前的热度高一点，也是好事。看这种视频直播的就是图个消磨时间，看到学生制作的视频有起色，我应该高兴才对，我内心是这样想的。

(二)

没想到的是，这个直播视频第二天居然在网络上引起了热议。

起因是一个网名叫"翼德Bili"的网友在视频的评论区下面回复了一段话——

"关于视频里那个第二次遇见的女人，如果她真的是上一个视频中遇见的女人的话，那真是太奇怪了。因为我记得在上一个白天的视频里，女人进电梯后按的楼层是'15'楼，而在昨晚的直播视频里，女人出电梯时的楼层，即她按键的楼层却变成了'16'。这不是很奇怪吗？女人显然不太可能会在同一栋楼连着买两套房然后轮着住。而且女人昨晚说了'上次在搬家'，也就是说上个视频里到达的楼层即15楼应该是她的家；而昨晚的视频里，深夜也不太可能到别人家串门吧，所以昨晚到达的楼层16楼也应该是她的家。这样就有着无法解释的矛盾了。女人到底住在15楼还是16楼？"

随后有人问说："女人就不可能在某一个视频里按错了按键，去错了楼层吗？"

"翼德Bili"回道："可能性不高。因为电梯门一打开就能看到墙上标着的楼层数字，不用出电梯就会知道自己是不是到达了要到的楼层，这个视频里可以看到。所以在第一次遇见的时候，电梯门在15楼打开时，女人如果发现走错了，那么根本不需要走出来，她只需要跟着电梯再上一层楼就行了。第二次也是同样的道理。想必大家都有过电梯坐错楼层的时候吧，一般都会有不一样的反应，女人两次走出电梯时都没有表现出什么异样，说明两次都不是走错楼层。"

他接着解释道："还是我上面说的，那到底是怎么回事呢？女人不可能两次都走错楼层。那只剩下一种可能了，女人既不住在15楼，也不住在16楼，她根本就不是这栋楼的住户，而是闯空门的惯犯，说什么'搬家'都是骗人的。第一次在白天，可能只是踩点，目标是15楼，但我觉得这一次大概是没得手，可能因为15楼没人居住，但这正中她的下怀。隔了一段时间，也就是昨天深夜，她准备对16楼下手。大家还记得主播住在18楼吧，他说过楼上和楼下都没有住户，也就是17楼和19楼都没有人住，同样，16楼也是理想的位置，因为楼上17

楼没住人，楼下15楼也没住人。第一次踩点的时候戴着口罩，第二次实施下手的时候换了眼镜和衣服，这样的易装也是手段之一。对了，这里女人还犯了一个错误，记得第一次碰面的时候，电梯的按键灯没有亮对吧，主播不知道有无近视，反正倒腾了一会儿才按对楼层，但当时没有戴眼镜的女人却迅速按对了15楼，这也有点反常，唯一的解释是她已经通过踩点很熟悉环境了，并不是她说的刚搬来。再有就是昨晚的视频里，主播回到家后又想下楼买水，却发现刚刚上来时的电梯死死地停在15楼，这想必也是她做的什么手脚。提前踩点，挑选上下层都无人的楼层，前后隔一段时间，深夜作案，屡次换装，你们可以到网上搜搜看，这都是闯空门的惯用伎俩。她唯一疏忽了的，是那位以鞋论人的网友。"

这番言论令周子懿的视频一下子冲上了热度榜前十，网友纷纷在视频评论区留言和点赞，一起参与讨论的、热衷推理的、看热闹的，一时间蜂拥而至。

"翼德 Bili"这个网名看着好像有点熟悉。我其实也赞成他的推理，因为我之前还真就查过闯空门"犯人"的作案特征，网上搜出来的第一条跟他说的一模一样。说起这个，为什么我会去查这种东西？又是因为我们那位热衷于调研的领导。这两年来，学生宿舍偶有失窃事件发生，有人怀疑是学生所为，那位领导居然也让我摸底一下，看看有没有这个可能。

——这不是警察的工作嘛，又要辅导员来做？

无奈之下我还是查了一下相关内容。

就在我继续向下翻看回复时，突然看到教师公寓的 W 群组里发来了一堆信息。另一个书院的陈老师在群里吐槽说为什么公寓的电梯没开空调，还拍了一张照片说明是哪部电梯。（见

图七）

陈老师说没开
空调的电梯

27　　　1　　　24 ↓

图七

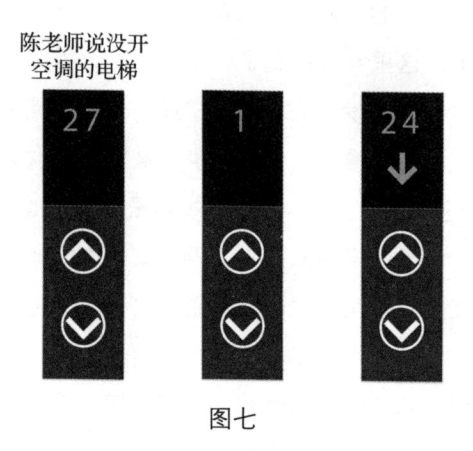

这本来没什么，但是有人在下面发了一句"有人可以通过这张图知道陈老师住哪一层楼吗"，却引来了好几重波浪。

有老师说图中的线索还不够，有老师说左边电梯显示的27楼就是，有老师说右边电梯显示的24楼才是，一时间群里居然有了不亚于周子懿那个火爆视频的热度。

更令我没想到的是，终结热度的居然是董宽，董老师。他发了好几段话：

"为什么陈老师会知道那个电梯的空调没开呢？最简单考虑到的就是他刚乘坐了那部电梯。也就是说如果不考虑那部电梯马上就被其他楼层的人按了下去，或者按上去的话，排除他串门拜访他人的情况，那部电梯所在的'27'就很有可能是他住的楼层。我们教师公寓入住的老师还比较少，所以我认为分析到这里已经足够了。但是……

"但是严谨地说，如果一定要考虑那个电梯很快就被其他人按走，或者陈老师下了电梯后过了一会儿才到群里发消息，导致电梯被按走的话，又会怎么样呢？首先我们知道公寓这边的电梯跟学院楼、教学楼这些办公区的楼栋电梯不同，办公区的电梯出现闲置时，总会有一部回到1楼待机，而公寓的电梯是跟普通商品房小区的电梯一样，是允许闲置在某一层的。电梯没有显示箭头，就说明那个电梯已经停住了。如果电梯是往上的话，我们都是不考虑串门的情况，不是从一楼，并且向上走的电梯大概率是为了接楼上的人下楼，但是电梯没停在一楼，说明那个电梯并不是向上的。这就说明在这种情况下，那部电梯只能被按下楼。同样不考虑串门的情况，下楼只会是为了出门，但电梯没停在一楼，说明也不是向下的。也就是说，在以上不考虑串门的情况下，电梯停的27楼就是陈老师的家。

"看似到这里就已经够严谨了，但即使不考虑是串门，还是存在一种可能性，就是快递小哥挨家送快递的情况。为了不影响上下楼，一般快递小哥都会先把快递推车送到最高的一层楼，然后再往下送。也就是说，这时只需要考虑电梯往下的情况，陈老师刚离开电梯电梯就被按到了27楼，换言之陈老师只会住在比27楼更高的楼层。我们公寓楼层最高是32楼，也就是说，在这一段时间里面电梯最快被按向下走了5层楼。以这个建立区间，即当快递小哥在上面某层楼按电梯往下走的时候，最右边那个最终显示'24'的电梯应该是处于24楼跟29楼的区间中，而陈老师刚刚乘坐最左边那个最终显示'27'的电梯则应该是处于28楼和32楼之间。现在要确保快递小哥最后坐上的是最左边的电梯，这里要分情况讨论下：如果快递小哥是在27楼的话，那么陈老师的位置就不可能是29楼及以上，因为这样的话就没办法保证快递小哥最后坐上的是最左边的电梯的事实，也就是说快递小哥，当时是别的楼层乘坐电梯下到了27楼，并且和陈老师的家不是同一层楼；并且同样不可能是28、29、30这3层（即27的正负3的区间内），因为这同样没法保证快递小哥最后坐的是最左边的电梯。综上所述，要么快递小哥在31楼陈老师在32楼，要么陈老师在31楼快递小哥在32楼。那么考虑最极端的情况——假设最右边的电梯当时在29楼，那么最左边的电梯最矮也要在27+（29-24）=32楼，即陈老师的家在32楼。但是考虑到最左边电梯从32楼要先下到31楼接上快递小哥，然后到27楼还要开门给快递小哥出来，而右边的电梯从29楼直接开到24楼（至少要考虑停2次才不成立），从速度上看并不符合两部电梯最后所处的位置。也就是说，也可以排除是快递小哥在用电梯的情况。

"综上，最左边电梯所处的27楼就是陈老师的家。"

这番过后，群里再没有人接话。但比起上面那段长篇幅的推理，更吸引我的是董老师的W账号昵称，就叫"翼德W"。该不会是……

但现在顾不上这么多。因为通过董老师的话，我发现了另一个可能性。

我把手机屏幕切回到周子懿的视频评论区，开始打字：

"不一定就是闯空门……"

（三）

"不一定就是闯空门……"

我打下这几个字。在董老师的推理中，他否定了快递小哥坐电梯的可能性，但恰恰在周子懿的视频中可能成立。我继续打字回复。

"关键在于上面的推理没有解释的问题:为什么第二个直播视频后期,主播想下楼买水时,发现电梯死死地停在15楼。这一点的解释是不能忽略的,大家有没有想过是为什么呢?答案只有一个,那就是有人在15楼把电梯按停住了。那什么人会这样做呢?答案就是快递小哥,快递小哥一般会先到最高楼层,再从楼上往下送,每到一层,就会把快递推车卡在电梯门之间以防关上,然后到那一层送件取件。这并不是什么为了闯空门故意做的手脚,我想女人应该只是按错了一次电梯。按错的如果是第一次的15楼,那么女人自然可以不出电梯跟着上到16楼,所以我认为女人按错的是第二次,即女人按错了16楼,实际上她是住在15楼的。之所以按错的原因大概是被主播吓到了吧,一个男人举着手机,又不断地跟自己搭话,这也是为什么她发现即使按错了楼层,也要出电梯的原因。她想尽快远离主播。"

我得意扬扬地点了发出,马上就收获了好几个点赞,但很快又有人反驳道:"即使你说的是对的,但还是没有解释:为什么第一次女人没有戴眼镜都能按对按键灯不亮的15楼呢?"

这把我问住了。我开始疯狂思考。

——会不会是戴了隐形眼镜呢?

转念一想就知道不太可能。因为当时女人按她所说在搬家,戴容易掉落的隐形眼镜肯定不方便。

看着又有几个人给反驳的回复点了赞,我的脑子越发想不出东西来。

"即使看不见,还是有办法的。"

有人替我回复了。

"你们看视频里,主播所在楼栋的电梯按键,是规整的4

列，数字'1'一般在左下角，所以只需要知道一共有32层，即使看不到按键的数字，也能很快推理出数字'15'的所在，就在第2列从上往下的第2个按键。"

就在我打从心底里感谢这位刚刚解救了我、名为"WJY"的网友时，他却又发了下面的话：

"但是我真正想说的是，上面的推理也太蠢了吧。"

看到这句我不禁出汗，这个"太蠢"的推理是指我的吗？

"看到说送快递的时候我就笑了，拜托看看直播的时间，深夜还有小哥上班送快递？"

我已经差不多不想再看回复了。

"就算真的有深夜加班送快递的小哥，你们想一想，主播和女人搭乘电梯时，他们所乘的电梯是在1楼，对吧？听着虽然像废话，但是你们再想一想，后来他们乘坐的电梯上去后，当主播又想下楼时，另一部刚才他们没有乘坐的电梯在哪里？也是在1楼，是吧！电梯只停了女人的16层和主播的18层共两层，没多长时间，也就是说，要么当时两部电梯都在1楼，要么当时有人从楼上下到了1楼。考虑到深夜没多少人会出门，那么前者即两部电梯都在1楼的可能性更大，这与上面推理所说的'快递小哥会先到最高楼然后往下送'相矛盾。又或者那个坐另一部电梯下到1楼的人就是快递小哥，说明那时他已经送完快递了，这也跟上面的推理相矛盾。因此可以否定上面的推理。而且上面的推理也没有像我一样否定之前人家给出的闯空门的推理，只不过是多提供了一种错误的可能性。"

要不是我留意到了下一条回复的网友的昵称，我真的要关掉手机了。

一个名为"路人甲到丁"的网友就"WJY"的评论回复了

句"精彩至极"。这个网名一看就知道是我班上的学生——酷爱读悬疑小说还是推理小说的丁甲。这样一想,"WJY"不就是温究一的拼音首字母嘛……

看来同班的学生都在关注周子懿的视频。我瞄了一眼自己那个搞怪的昵称,内心庆幸着我的昵称应该不会暴露吧。

——应该……不会吧?

"那下一重推理又是怎么样的呢?""路人甲到丁"即丁甲在评论区追问道。

"我还是赞同闯空门的说法。""WJY"即温究一继续回复道,"第一个推理说的闯空门的特征大部分我都同意,现在我来解释下在第二个视频里停在15楼的电梯被按死的原因。我同意第二个推理中电梯停在15楼是因为有人在15楼把电梯按住了的说法,这是显而易见的。问题是谁按的呢?快递小哥的说法不对,那只剩下一个可能性,是女人自己按的。但原本在16楼下了电梯准备下手行窃的女人,为什么又要跑到15楼死按电梯呢?我的切入点是主播对女人的搭讪。你们可别忘了,站在女人的角度,她是切切实实被搭讪了啊!在观看直播的网友看来,搭讪只不过是主播跟着弹幕做的举动而已,但女人并不知道这是在直播!女人和主播的两次见面都碰上了直播,如果两次主播都是举着手机在拍摄,那么女人可能会猜到这是搞网络直播啥的,但主播第一次用的是隐蔽摄像头,这就导致了女人极有可能并不知道这是直播,女人误以为主播是真的想泡妞。如果女人是普通的居民,也就没什么所谓,大不了多个热情的邻居而已,但此时的女人可是一个准备充足、马上就要实施盗窃的女贼,面前的男人对第一次见面的事情印象这么深刻,再加上出电梯临别时他依依不舍、意犹未尽,女人开始担心一件事——那就是知道自己在16楼下了电梯的男人很有可能会下楼找自己！16楼只有一户人，所以男人很容易就能知道女人住在哪户。因为第一次见面的时候，女人是来踩点的，按的是15楼，她怕男人记得，以为自己刚才是按错去了16楼而实际上是住在15楼的。男人到底会下16楼还是15楼呢？这也是她担忧的问题。她还得再守一会儿，要不然待会儿动手作案的时候，主播男人下来敲门啥的就难办了。还是这个问题——男人到底会下16楼还是15楼呢？她到底应该在哪一层守呢？踩过点的她清楚15楼无人居住，16楼只有一户人家，有被撞见的风险，所以最好是待在15楼。但又衍生出另一个问题——万一男人下去的是16楼，万一还真的去敲门了，万一还真有住户出来应门，自己岂不是暴露了？所以女人做了一个'电梯监控'的把戏，那就是把自己守着的15楼电梯按死，目的就是为了不让主播男人乘坐这部电梯下楼，那么男人就只能乘坐另一部从1楼上来的电梯了。当时的深夜已经没多少人坐电梯了，男人应该不太可能会走楼梯，所以只要看到有电梯上楼到18楼就下来的，大概率就是下楼的男人了，这样就给了自己缓冲的时间，再跑上16楼截住男人即可。"

"第三重解答！还有要回击的吗？"丁甲在评论区挑衅道。

看到这里，我关掉了手机。

这绝对是我绞尽脑汁都想不出来的事情。这已经不是辅导员的工作了。

(四)

第二天，我回到学院值班，不知道是碰巧，还是应该说不巧，温究一和丁甲两人一起来找我办点事。

办完事后，两人聊起周子懿的视频来。

"'WJY'果然就是你吧！"丁甲很兴奋地喊着。

"'路人甲到丁'，一眼就知道是你了。"温究一面无表情地说。

——果然是这两个人……

我尝试避开这个话题，但还是被丁甲拉了进来。

"老师，我们班的周子懿您认识吧？就是那个做视频很厉害的，他……"

丁甲又给我讲述了一遍昨天的视频和后续评论区的多重推理。我真的想捂上耳朵。

"老师，我决定把这个写成小说，就作为我们推理协会的出道作！"丁甲信心满满地说。

"什么？"我诧异地问。

"哦哦老师，我忘记跟您说了，以前开会的时候，书院的邓老师不是跟我们说让大家都积极参加社团活动嘛，我想来想去都不想再去那个只会做数独的无聊协会，但又不知道参加哪个好，最后我决定了，就自己成立一个推理协会，跟其他著名大学的推协一样，我们也要出一份专登推理作品的会刊。我已经跟邓老师说过了，她也支持。这个刊物的出道作是至关重要的，虽然常言道，无杀人不推理，但这次的闯空门盗窃事件也算是一种犯罪，是不错的题材……"

邓副主任的确一直重视和推动学生社团活动。而丁甲真不愧是一个重度推理小说迷，说起这些就停不下嘴。

"究一，你就来做第一个社员吧……不对，应该是副社长？"

"我看，你这样写是行不通的哦。"温究一突然对处于兴奋中的丁甲说道。

"什么？"这次轮到丁甲诧异地回问。

"我说，你想把昨晚的推理写成小说，那是行不通的。因为那个推理，是错误的。"温究一依然面无表情地说道。

"啊！你这是要推翻自己的推理吗！"丁甲没有失望，反而更加兴奋了。他已经是个晚期的推理小说痴迷症患者了。

这么一说，我也有点好奇。

"毕竟是同班同学，我自然是捧场，而不是揭短。不过，我也只是跟风罢了。第一个捧场的，是那个网名叫'翼德Bili'的人，不是吗？你们不会都不知道那是谁吧？"温究一望着我和丁甲说道。

"是教务员董宽老师嘛，我知道啊。"丁甲爽快地回道。

——原来学生们都知道啊……

"你是说董老师是为了给视频制造热度才故意那样回复的？"我问。

"这个我就不确定了。但他说的那些闯空门的特征，跟网上搜到的一模一样，难免让人怀疑是不是就是跟着网上说的……不过从结果看，他确实做到了让视频热起来，所以第二重解答出来的时候，我也为了保持热度给推翻了。说到底，闯空门的'犯人'，还是要比害羞的邻居更具吸引力吧？"温究一解释说。

看上去他似乎还不知道第二重解答是我给出的，我暗自庆幸自己的网名还没曝光……记住辅导员名字的学生应该还是少数。

"真相到底是什么？快说吧！"丁甲像个瘾君子一般催促道。

"首先你得答应我，不把这个写成小说，可以吗？"温究一说道。

"呃……为什么不行呢？"

"因为把真相爆出来的话会影响我们的初衷。"温究一神神秘秘地说。

"呃……好吧,你快说……"丁甲不舍地答应了。

"好,现在我来说明。第二个视频已经被大家分析很多次了,我们回过来看第一个视频的内容。首先是大家容易忽略的一个点——学生进到1楼时,跟女人第一次一起乘坐的电梯,是从哪里来的?"

丁甲翻出视频,我也凑过去看了看。当时两部电梯,一个显示着向下的箭头和数字"18",意味着这个电梯正在下降并且刚刚经过18楼;另一个没有箭头,显示"19",意味着停在了19楼。

"好了,现在我们知道了两部电梯在他们按键时的位置,但我想说的是,在按键前,两部电梯都是怎么样的呢?首先按键框是规整的4列,所以周子懿住的那栋楼是没有负一层停车场的,要不然这样就会有33个按键,没法呈现出规整的4列。那么,电梯的状态有4种,分别是停在1楼、正在下降、正在上升和闲置在非1楼的其他楼层。"

我跟丁甲默契地一起点了点头。

"我们先来看'停在1楼'的情况,很简单就知道这是不可能的,因为这样的话女人早就坐上去了。然后是'正在下降'的情况。电梯到了的时候没有人出来,说明电梯不是有人为了下到1楼而被按下来的,是之前有人为了上楼把电梯按了上去,女人按了要上楼的按键后,电梯才下来的。所以在按键前,电梯也不可能处于下降的状态。也就是说,电梯当时只有两种状态,要么是'正在上升',要么是'闲置在非1楼的其他楼层'。"

"导员老师，有纸和笔吗？写出来会好理解很多。谢谢。现在情况很明晰了，我们假设两部电梯分别用 a 和 b 表示，两种状态分别用'上'和'闲'表示，那么一共会有 4 种情况出现——ab 同时上升、a 闲 b 上、a 上 b 闲、ab 同时闲置。"说罢温究一在纸上画出了不等的 4 个区域，分别写上了 4 个情况的标题。

"首先是情况一——ab 同时上升。这里我想先说一下，这种新小区我们不考虑不同层的邻居间串门拜访的情况。如此一来，两部电梯必然都是从 1 楼出发，开始上升的。在不考虑串门的情况下，不可能会有人从某个楼层出发往上走，对吧。好，而且我认为也不太可能存在两部电梯同时从 1 楼出发的情况，因为楼栋住户很少，不存在同时有很多人坐电梯导致一部电梯坐不下的情况，这也说明了两部电梯是一早一迟从 1 楼出发向上。从学生进楼前的视频可以看到没有什么人经过，包括女人，说明女人已经独自等待电梯有一段时间了。那么在这段时间里，两部电梯从 1 楼向上，女人都没有坐上，这不太可能吧。而且 b 上升后停在 19 楼，第一个视频中周子懿已经说过 19 楼无人居住，更不太可能会有人去无人居住的楼层吧，所以情况一可以排除。

"其次是情况二——a 闲 b 上。同理，b 上升的最后位置是 19 楼，我们也可以直接排除情况二。"

"照这么说，b 就不可能出现在 19 楼的吧，既然都没有人居住了。"丁甲提出疑问。

"也不全是，你忘记了第二重解答时提出的快递小哥了吗，他还是有可能去 19 楼送快递的，但不会是直接上到 19 楼，因为按照第二重解答的说法，快递小哥一般是到最高一层，然后再往下走，对吧？"温究一解释道。

"哦哦也是……"

"我们接着来看情况三——a上b闲。这个情况会略微复杂，我们来细化几个数字，假设按键前，电梯a所处的楼层为x，上升的目标楼层为z，b闲置的楼层为y，x、y、z均为整数，那么当女人按键要上楼时，a下来了，b没有动，需要满足以下电梯运行的条件：电梯a从x层上到z层后再从z层下到1楼的层数要小于电梯b直接从闲置的y层下到1楼的层数，用代数表示就是$z-x+z-1<y-1$即$2z-x<y$，且应满足$z \geqslant 18$（电梯a下来时被周子懿拍到经过的楼层）、$z>x$和$y=19$（电梯b最后闲置的楼层），换算后得到$2z-x<19$。要想这个式子可以成立，则需要考虑极端的情况，就是z最小且x最大，换算后就是$2 \times 18-x<19$即$x>17$，就是当$z=18$时，需要$x>17$即x最小也要是18，但x又必须小于z，所以这是不成立的。我们再尝试穷举一下，当$z=19$时，有$2 \times 19-x<19$即$x>19$，也就更不可能有$z>x$了，而且随着z增大，x的最小值也会增大，使得$z>x$的条件永远无法成立。因此可以排除情况三。

"最后是情况四——ab同时闲置。我们继续来代入几个数，假设按键前，电梯a所闲置的楼层为z，b闲置的楼层为y，y、z均为整数，那么当女人按键要上楼时，a下来了，b没有动，这次需要满足以下电梯运行的条件：电梯a从z层直接下到1楼的层数要小于电梯b直接从y层下到1楼的层数，就是$z \leqslant y$，且应满足$z \geqslant 18$（电梯a下来时被周子懿拍到经过的楼层）和$y=19$（电梯b最后闲置的楼层），换算后得到z等于18或者19。18楼只有一户人，也就是周子懿，但他当时不在家，还在直播等电梯呢，所以18楼当时等同于无人居住的楼层，19

楼就是无人居住的楼层，不可能会有两部电梯同时停在两层不同的、无人居住的楼层吧，所以也可以排除情况四。"

"什么？4种情况全部排除了？"丁甲最先问。

"这是怎么回事？"我也很好奇。

"这说明，第一个视频里的情况是不可能出现的，换句话说，第一个视频是实际不可能发生的！"温究一说道。

"我们更不懂了……什么意思啊……"

"我指的是不可能客观发生的。现在知道为什么我说如果让你把完整的故事写出来，会影响我们的初衷了吧。"温究一笑了笑。

"莫非……你是说……视频里的内容……全都是演出来的？！"我反应过来了。

"没错，客观上是不会发生这种情况的，那只能是主播跟女人是一伙的，合伙演了这么一场戏，为了博取热度。真实的情况大概是类似情况四，客观上确实不可能出现两部电梯同时停在不同的无人居住的楼层，只可能是女人为了等周子懿进楼，凑巧着时间一起坐电梯，所以提前把两部电梯都往上按了，不巧就按到了两个无人居住的楼层。第一个视频里有一个小举动，周子懿发现自己拍摄到电梯的显示板时，迅速调转了镜头，这是怕露馅。还有一个小破绽就是，第二个视频里，周子懿搭讪女人时，提到上一次见面，女人马上就反应过来是在小区里搬家，但是两次视频中，周子懿第一次为了挂摄像头戴了帽子，第二次则没有，为什么女人会这么快知道他们上次见面是在哪里呢？除非他们早就认识。虽然有这些小瑕疵，但不可否认他还是很用心在构思剧情，演技也不错，自媒体行业的竞争应该很激烈吧，这样的'摆拍'可能也是无可厚非的。我只是跟着董老师一起支持一下，所以你也不要揭穿。"

"这么说，董老师也知道视频都是摆拍的吗？"

"这我就不清楚了。"

"既然是这样，我当然不会破坏子懿的热度。不过温究一你必须得加入社团，帮我一起写稿。"

丁甲又开始拉拢温究一。

待两人离开之后，茫然的我盯着自己的直播平台账号，在想要不要跟谁聊一下这个事情。

是跟可能知情的董老师呢，还是……

我看着那个昨晚新建的平台账号昵称——"我爱温馨羽"，打开了W软件，找到了备注名为"温馨羽"的那个人。

"导员——"

突然身后传来声音，吓了我一跳。

温究一站在后面，笑着轻声跟我说："刚才人多，忘记跟您说了。"

"说……说什么……"

"前任辅导员，我忘记叫什么名字了，好像姓温。她啊，跟教务员董老师，是情侣哦。"

我假装镇定地笑了笑。

——早就该关掉那个视频。

——甚至都不应该注册这个账号。

现在，婚礼前
被访问人：周子懿

说起来惭愧，我已经不做这行很久了。

……

可以把手机放下来吗……

不好意思，我现在对着这个还不是很习惯。

……

网络暴力真是可怕呢。有段时间，我甚至连看评论区的勇气都没有。那几个月，我好像产生了屏幕恐惧症一样，老是像能看到一些难听的话。

只是敲几下键盘，就能对着某个人乱喷乱骂一通，好像这样自己就舒坦了。网络世界就是这么可怕的地方。我原本做视频，只是想娱乐一下大众，那么就跟拍电影一样，肯定有剧本的嘛，就这么一点小事，那些喷子也能像被踩着尾巴一样。有些人啊，就是通过伤害别人来获取快乐的。

……

是啊，想起来，第一次这样做，还是大三那会儿。

你看过我刚开始上传的视频吗？现在看来，都是些记录日常生活的无聊玩意。我原本以为会有人喜欢看这些，现在也有这种类似的视频解压吧？只是看着别人做些日常的事情，就能得到放松。可惜我那会儿还没有这样的受众。

我第一次按着剧本演的视频放上网后,收到的反馈还挺多的……
……
不说了。
不说了吧。
都是些不好的回忆。

第五章　被害人是……大体老师!

二〇一六年九月

（一）

校历又更新了一年。

班上的学生进入大四。

离我转岗，脱离辅导员职位的时间又近了一年。

一想到这个，手头上这些无聊的工作就变得相对没那么让人难受了。开学第一天，书院的邓副主任就把我从办公室叫到学院大楼的5楼开放平台，帮忙准备即将举办的"社团大战"。这个是书院的领导积极鼓励要办的大活动，各大学生社团会举行招新、宣传的节目和表演，而邓副主任对这次的活动更是上心，我听说整个暑假她几乎都没有休息，隔三岔五就来学校。本来我还纳闷为什么她会突然变得积极无比，明明平时比我还要躲避工作，今早我在学院办公室终于弄明白了，原来今年是正职竞聘期，邓副主任大概是准备竞选升正职。不过她还有一个强劲的竞争对手，就是学院教学办公室的周副主任，也就是董老师的上级主管。

教学事务和学生事务都是学校的主干业务口,所以两人可谓旗鼓相当。不过往细来说,学生事务比教学事务要更容易出成绩,就像董老师说的,教学工作只有出事故和零事故的区别,就像教师上课,除了学生评教的分数有点参考价值,没有其他标准可以衡量,毕竟怎么去衡量教师的课是上得好的呢?又怎么去衡量教学管理人员的付出呢?只有在出了问题时才会想着去找这些人。

但学生事务不同,像学生社团、就业、参加各类实践活动等都可以算是学生事务的贡献,单就邓副主任致力的学生社团来说,社团的规模、知名程度、每年全国的高校社团代表性作品大赛参赛这些都是实打实的可观指标。除此之外,她还带头作为指导老师帮几个学生成立了新社团,其中就有丁甲的推理爱好者协会。对于这次的正职竞聘,她可谓志在必得。

相比起邓副主任的强势,周副主任则像是以不变应万变,比如说像今天开始在学院5楼的摆摊搞活动,他就提出反对意见。他认为学院应该是学习、搞学术、做学问的地方,为什么要把学生活动也放到这里搞呢,甚至听说还有学生在实验室旁边练习跳舞?邓副主任的意思就是要在门口搞,既可以活跃学院氛围,让学生不用成天被学习学术围着,也可以鼓励其他学生走出实验室、走出教室,多参加课外活动。这个理由无懈可击,最后我也就被拉过来一起干活了。

该说不说,这活动的参与度还蛮大的,好几个社团的摊位摆满了各类饰品和特色展示板,有角色扮演社站了好几个全身武装、刀剑缠腰的动漫人物,有厨艺点心社团摆出各色水果大拼盘,有舞蹈社前面好几个青春男女在练习街舞,还有一些外面的穿着像搬家公司一样制服的工作人员在帮忙,青春和商业气息交互洋溢了不少。

我走了一圈，最单调的应该是丁甲的推理爱好者协会了吧，就摆了一堆书，准确来说是两堆书山。我凑近去看，其中一堆全都是《××馆》《×××杀人事件》，看着不合胃口，我又转向另一堆，摆的则是好几本《××重解答》《××之暗》《××少女》《××××之物》等，还有两本是日文的，好像写着《×××可能性×× 考××》《×× 结合人×》的奇怪字样。

"挺不错的嘛。"我客套地说了句。

见我走了过来，丁甲也很快凑了上来，跟我打招呼。

"老师！还不行呢，还差很多，都几个月了，出道刊还没有着落。哎。老师要挑几本看看吗？"他一脸愁容地强装不改色地招呼道。看来他想通过出道刊打响名气的计划并不顺利。

"也好啊，有哪些推荐吗？"说实在的，这些书我全都没有看过。我对悬疑类的小说本就不感冒，也就看过多数人推荐的好像叫什么野什么吾的书，总觉得这些故作玄虚的东西那不如直戳爽点的玄幻小说过瘾。我只是想让丁甲打起精神来，才故意找些他喜欢的话题。

"老师您问对人了。如果只是推理小说入门读者，我推荐这一沓'馆系列'，有一些属于新本格。新本格老师知道是什么吗？就是不受限于现实条……"

我只是跟着"哦哦"地点头，实际上我完全不知道他在说什么。

"旁边这一沓属于本社特色，也是我最喜欢的'多重解答'范畴，像欧美的，和这两个麻……三津……都是专出多重解答佳作的大师。还有这两年出道的新人井上……白……早……真是不得了，想想都颅内高潮呢。我们社的出道刊，如果能像这些超级新人的多重解答作品那样，就太好了。可惜现在的我……对了，老师，您会觉得充斥着犯罪的推理小说很暴力、很不合时宜吗？"他一口气说了好几个我没听懂的名字。

"倒也不会……"就算我真的这样认为，也不可能当着他的面说吧。

"老师说得对。这都是大家对推理小说的误解，还有很多人连推理小说跟悬疑小说的区别都搞不清呢，其实两者最大的区别在于着重点，作者的笔墨到底放在谜题气氛的营造还是解答过程上。悬疑小说有可能会出现'天谜地解'的情况，前面谜题的引出非常引人眼球，让你很想知道'这到底是怎么一回事'，但最后可能只是一个平淡的结果；但推理小说不同，即使是非常简单的谜题，作者也会在解答的时候给出详细的探索和思考过程，如果是多重解答还往往会有意想不到的展开，侦探解答的篇幅有时候可以占到全书的三分之一甚至一半以上。看似在宣传犯罪手段，但实际上，犯罪是追求人性光辉的法治社会的反面，而推理则是人类特有的逻辑思维之光，让这束光直直地正面射进不被法治社会容忍的犯罪阴暗面中，把犯罪者想要掩埋的真相挖出来，就是推理小说的魅力和使命。不觉得这是很伟大、很能体现人类之光的作品吗？老师，试想一下，如果外星人入侵地球，当它们翻看人类文明时，推理小说绝对会是其中璀璨的一环……"

我虽然不能完全理解，但是能感受到丁甲的热情，像这样充满热爱的社团，可能才是大学社团的最终形态。

"可惜，我已经认真思考了好几个月，但依旧没写出像样的东西来……即使有时候想到好的谜面，也完全想不到什么好的解答，更不要说多重了……"丁甲稍稍低下了头。

"不用灰心，文学创作这种事情……有时候灵感……"我胡说着一些自以为安慰的话。

我很快找了些借口离开了丁甲的摊位。准备开溜的时候，我又被邓副主任叫住了，说那边有一些东西，让我帮忙搬一下。我只能苦苦地回去，一看，这哪是什么"一些"东西，明明是一大堆东西。邓副主任见我一个人搬不动的样子，又看了看周围，立马又叫来了三个在干活的工作人员，想让他们也帮忙。

"这可不行呢，领导，我们这边还有很多活要忙呢。"三个做工师傅都戴着厚厚的防尘口罩，带头的那个看着年纪稍大的师傅不太情愿地说道。

"我们本来是周主任那边叫过来搬实验室的，上午已经帮你们搬了不少这边的东西了。我们人手不够，真忙不过来了。你们多请些人嘛。"那个师傅又补充道，还吆喝旁边一个看着挺年轻的师傅说："你你你，让司机提前把车开到楼下，还有……"

不提周副主任还好，一提他，还直接称呼为"主任"，邓副主任就上头了："都是一栋楼的活，都给你们付钱的吧，麻烦把这些都帮忙搬一下。"

这三个师傅看着这样的气势，也只能无奈地放下手头上的东西，过来帮忙。这一搬就搞到了下午，还因为捆箱子的绳子不够，把人家师傅带来的绳子都用光了。不过正因为这样，我也逃过一劫，迅速溜回了办公室。

邓副主任一天都在5楼的社团活动现场，周副主任则在2楼实验室搬迁，两个领导都不在，办公室里的众人才放心大胆地讨论起这次竞聘的事。对于来年就要转岗的我，当然不能错过这样的情报收集大会。大体而言，邓副主任和周副主任这次的竞聘可谓火药味十足，两人想要顺利升正职，都是如履薄冰。

一聊这些，大家都是劲头十足，感觉一整天活儿没干多少，一直讨论到下班。第二天我本来不用到学院值班的，却也找了个借口过来，想继续聊，但一进门就听到董老师在诉苦："什么嘛，一大早就过来骂人，昨晚我也是因为他的事情在加班好吗？本来应该分八周上的课已经给他压缩到四周上完了。昨天开学第一天就给排了课，他居然还说要分班上，而且还擅自分好了，只上了一个班的课。教师就能想怎样就怎样嘛？上课人数直接少了一半，如果被学校查课督导组查到了，这是重大事故啊！"

我小心翼翼地凑近去问怎么了，人事秘书图老师给我解释说，今早有一门解剖实验课的任课教师徐老师来找负责排课的董老师，想分班上课。董老师说不符合规定，没有答应，然后徐老师就说昨天已经随机按照姓氏的拼音顺序分了班，先斩后奏了，让董老师只能按他说的来排。

听起来真麻烦，幸亏我的工作几乎不用对接这些教师。

"分班上有多麻烦他知道吗？他就对着同一个讲义讲两遍就行了，我们可是要……"董老师还在骂个不停。

我看了一圈办公室，发现只有实验员刘文强老师不在，便随口问了句："刘老师呢？"

"去上实验课了吧，那课徐老师不是今天也分了一个班嘛。"图老师有点幸灾乐祸地笑了。

"没有，"董老师远远地说道，"文强一早就被物业的叫走了，不知道是干什么，怕又是那边想甩什么锅过来了吧。幸亏刚才说分班的时候他不在，要不然被他知道分了两个班，工作量翻了一倍，他肯定要被气得辞职。"

"但今天不是已经分班了吗？"我好奇地问。

"他不会发现的。他只是帮忙做准备,不会接触到上课内容,他不会知道昨天上了哪些内容,也不会知道今天上的啥内容。"董老师说。

"但台下的学生,他总会发现有所不同吧?"我问。

"文强这孩子啥都好,就是有一点,一上台就紧张得不行,不会注意到台下有什么人的。"图老师补充说。

"呃……那这还挺好……"我应了句。看来人不齐,加上烦心的事务,令学院办公室也少了聊说闲话的逸致。

正当我准备回书院办公室的时候,刚好碰到跑回学院办公室的刘老师。

他气喘吁吁地喊道:"有……有老师被刺了!"

(二)

我们跟着刘老师一起冲向事发的实验室。进门的瞬间,我们都惊呆了,并不是说现场有多惨烈,也不是说被害人有多不堪入目,而是说我们误以为遇刺的被害人不是什么人,应该说根本就不是人,而是一具人体标本。(见图八)

虽然有点无语,但刘老师说的"有老师被刺"倒也没有错,因为医学生们都会把这些人体标本亲切地称为"大体老师"。今天在别的教室上完理论课后,徐老师带着学生前来标本实验室准备上实验部分的课时,打开门就发现有一具上半身人体标本的胸前插着一把刀,插入的位置正好是心脏,并且插得很深,如果是真的人体,这绝对是致命的。"凶器"是一把普通的菜刀,在昨天5楼的社团活动现场,有好几个社团都用到了同样的刀具,是有心之人随手可得的物品。

图八

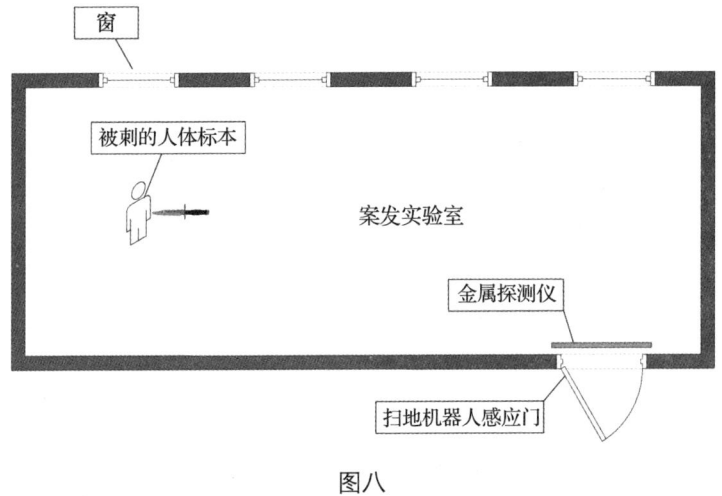

　　昨天还在这间实验室上过课的徐老师表示，昨天下午上课的时候还不是这样的，那案发时间应该是昨天晚上。案发的实验室本来并不是用来存放人体标本的，但因其他实验室还没装修好，所以直到昨天才把这些标本搬到这间空有四壁的实验室里来。除了被插了刀子的上半身标本外，还有一些骨头和骨架的标本。为了便于保存，还临时开了中央空调。

　　因为有学生在场目睹，事件一下子发酵了，这涉及标本被破坏和教学实验室的管理问题，领导也要开始追责。有人认为是负责教学实验室的周副主任管理不善，加上昨天搬实验室的时候也是他在场指挥的，更是难辞其咎；也有人认为是物业的责任，物业和保安平时巡逻就不多，而且说好的监控迟迟都没有安上，加上最近机械学院研发的自感应开门扫地机器人投入校区试用后，连保洁阿姨都减少了对实验室这块的打扫。今天还有学生反映其他实验室丢失了仪器的电源线，看来是祸不单行。领导也下令彻查有没有其他贵重物品丢失,周副主任、实验员刘文强,连同教务员董老师都被拖着一起干活。

我回到学院办公室,上班的老师直接少了一半,但多了些好事的学生围在我的座位边,兼职辅导员小于也在。我一看有丁甲在其中,就知道他们讨论的话题是啥。

"老师,调查进行得怎么样了?"丁甲第一个问道。

"你们都知道了啊。"我惊讶地问,不过一想也正常,毕竟今天上课的班都看到了。一传十,十传百,学生最喜欢的莫过于这种事件。

"这个没有什么好说的。你们今天不是有课吗?聚在这里干什么,快该干啥干啥。"我试着打发他们。

"我们今天没有课了。实验室都不能用了。"一旁的温究一回道。

"就算有课,比起上课,解决事件不是更重要吗?刚刚于老师正要发表他的推理,老师您难道不想一起听听吗?"丁甲还是一副兴奋的样子。他怕不会恨不得被刺的是真人吧?

"彭老师,就我们几个在,我想究一和丁甲都不会对外说的,我们不妨讨论下?"兼辅小于也附和道。

"你怎么也知道……"我问小于。不过不用问也知道,肯定是学生告诉他的。

"温究一是目击者之一,而丁甲说昨天下午上课的时候,人体标本还没被插上刀子,也就是说案发时间是昨天下午下课后到今早上课之前吧。实验室的构造我也略清楚,出入口只有一道磁吸门和外侧一排窗户,我听说虽然物业保安很少巡逻而且楼栋里两个出入口、实验室、走廊等地方都没有监控,但实验室的磁吸门后还有一道金属探测器,刀具、标本铁架子这些经过的话都会发出刺耳的警报声，并且连通保安室。问题就在这里，尽管说不上万无一失，但想要完成这样的犯罪，还是不容易的。即便如此，'犯人'还是完美地完成了，这是他传递的一个信号。"

"什么信号？"

"这是他的犯罪预告。"小于娓娓道来。

"啊？！"我差点喊出来。这种话不能乱说吧。

"于老师也是推理小说粉吗？"听到小于这样说，丁甲立马问道。

"于师兄已经是篮球社的了，不会加入你们推协的。"温究一插嘴道。

"就算平时不看推理小说的人也能看出，'犯人'这是在告诉我们，他既然可以刺杀一位大体老师，那么自然也可以刺杀一个真人。所以我认为这次的事件不容小觑。"小于毫不忌讳地说道。

"丁甲，你认为呢？"温究一突然说话，问向丁甲。

"那我也来献丑。"丁甲一副跃跃欲试的样子，"我倒不认同于老师的说法，我认为这次的事件跟去年班会上班长丢失手机一样，只是一次意外！"丁甲得意地说道，似乎是准备已久。

他说的应该是去年九月开学时，素拓委员劳爱勤丢失手机，董老师推理说是穿堂风导致手机意外掉落的事情，当时恰好丁甲也在场。他现在又把董老师当时的推理搬出来说了一遍。

"哦？"温究一和小于都摆出一副愿闻其详的样子。

"大家再审视一遍案件，就会发现，关键问题在于刀子的来源和刀子是怎么通过金属探测器进入实验室的。关于前者，我上午已经调查过了，凶器果然来自昨天的社团活动。有社团跟我说发现少了刀具,我想就是那把最后出现在实验室里的刀子。关于后者,刀子又是怎么从5楼来到2楼,并且还通过了金属探测器,最后插到了大体老师身上的呢?答案就是刀子并不是通过附有金属探测器的门进入实验室的,这全都是意外。刀子的遗失是意外,昨天社团活动现场人和东西这么多,搬来搬去有遗落很正常,但又一个意外发生了,刀子被遗落在窗边,并且被大风吹了出去。此时2楼实验室为了保存标本开了空调制冷,因为室内外的温度差,产生了董老师上次推理中的穿堂风,把刀子通过窗户吹进了实验室内,掉落在地面上。晚上扫地机器人在打扫卫生,大家都知道扫地机器人的触毛有比较强的吸附力吧,因此刀子被扫地机器人吸附上了,并且机器人旋转扫地的时候,刀子也跟着旋转飞了出去,碰巧飞插到了大体老师的身上。所以这是一系列意外的结果,并不是人为的。"

"还真是错漏百出呢……"温究一接着说,"且不论窗户是否开着,我印象中上午看到的时候好像是关着的……你的推理还有一个致命的错误,穿堂风是因为气压差形成的,实验室内开着空调,气温变低,气压升高,那么风向应该是往室外吹,并不会发生室外的刀子被吹进室内的情况。"

"哦!"刚被否定了推理的丁甲丝毫看不到失落,反而更像在期待被否定。

"果然还是我说的杀人预告吗?"小于插进来说。

"师兄,我对丁甲热衷的所谓多重解答丝毫没有兴趣,像这样的情况,想要多少解答有多少,想要什么解答就能有什么样的。比如说,飞刀杀人的诡计。'犯人'设计了一个机关,可以使刀子飞出,从而刺中在实验室上课的某人,不过机关不小心被提前触发了。机关的细节我就不用多说了,要怎么设计都可以。但请注意，提前触发的机关从正面刺中了大体老师的心脏，但'犯人'原计划中正在上课的被害人是不可能背对着大体老师站着的，那么被害人被刺中的就会是右胸，一般人的心脏都是在左侧的，所以唯一的解释就是，被害人是个心脏在右侧的'镜面人'……你们看，多离谱的解答都可以编出来。这样可以吗，丁甲？"温究一冷淡地说。

"很精彩呢。"丁甲回道。

"我看这些都不对。"背后传来一个陌生的声音。

"徐老师。"两个学生跟小于一起叫道。

——是任课老师吗？他不会也想……

"是在做头脑风暴吗？我可以参加吗？"徐老师也一副兴致勃勃的样子。看来一阵骚动后，老师和学生都完全忘记现在还是上课时间了。

"当然了，老师，就等您了！"丁甲喊道。

"温究一同学说得没错，我当时是跟同学们一起拉开门进实验室的，看到现场后，我让大家都待在原地，出于谨慎，看了下标本后，我还检查了窗户。因为大家都知道，实验室的门平时都是关着的，只有扫地机器人工作的时候会感应自动开合，并且门后还附有金属探测仪，所以我自然会想到刀子是通过窗户进来的。窗户看着跟昨天、平常一样是关着的，但实际上我检查后发现它是微微开着的。"徐老师开始了他的推理。

"不过我的切入点不在这里。今天不是还有学生报告说其他实验室丢了电源线吗？任谁都不可能拿走仪器的电源线，那么就只剩下一种可能性，那就是被盗了。这个给了我启示，那就是学校实验室里进贼了，目标是各个实验室。我相信这是群老手，平时都是紧紧关上的窗户被微微打开，这就是他们踩点的证据，他们想必在暑假期间已经无数次勘查过了，最近马上就要开学，所以他们抓紧时间于昨晚动手了。要想从外面翻窗进出其实不难，但是考虑到他们是盗贼，是要把东西偷出去的，背着赃物从窗户进出，既有生命危险，也有被目击的风险，所以这是不可取的。那排除窗户，他们还能怎么进出实验室呢？那就只有扫地机器人晚上打扫时，门感应到机器人到门前了从而自动开门，机器人在室内作业时，门是不会关上的，直到打扫完成离开后门才会关上，这给了盗贼足够的时间，踩过点的他们应该很清楚这一点，于是跟着扫地机器人一起扫荡了各个实验室。"

我们几个跟着徐老师的推理想象着这样的场景。机器人成了盗贼的帮凶。

"不过到标本实验室的时候，情况不一样了。这里原本并非设计来存放标本的，盗贼们不知道里面到底有什么贵重物品，需要一定的时间探查，但他们并不知道扫地机器人作业的时长是多少，万一扫地机器人离开了，门自动关上了，这可没法逃走。所以他们想出了一个办法，那就是把门稍微关上，但不让其完全关闭，只要没有足够的空间让机器人通过即可。门是向外开的，最好的办法是有人在里面拉着门。盗贼团伙估计是分工不善，除掉把风的人，可能只剩一个人在动手盗窃，他无法同时偷东西又拉着门，如果有绳子什么的就好了，但不幸的是，他们没有。"

"啊！"我差点大叫。

"彭老师您也猜到我想说谁了吧。就是昨天那群搬家公司的人，他们全程戴着口罩和手套，乍一看没什么问题，但这其实是他们的伪装。你们搬东西的时候把他们带来的绳子都用光了，对吗？所以他们只能现场找可以替代绳子的东西，那就是失窃的仪器电源线，这是个天然的固定绳，只需要把一头捆在门把手上，另一头插到桌子上的插座里就非常牢固了。绳子的问题解决了，但在标本实验室，他们的奸计难以得逞，因为存放人体标本的那个实验室连桌子都没有，更不要说插座了。墙上的插座够不到，而且竖着有高度差有可能会被拉松。怎么办呢？"

除了温究一外，我、小于和丁甲都聚精会神地听着徐老师的讲解。就像上课一样。

"这时我们回到刀子是如何进入实验室的问题上。既然我们已经排除了盗贼从窗户进来的可能性，那么同理刀子进来的可能性就只剩下门了，但刀子通过门时又肯定会触发金属探测仪报警，所以只有一个可能性——就是刀子是在即使报警但也没有人会管的情况下进到实验室里来的。"

"是在搬实验室的时候吗？"丁甲第一个反应过来。

"对。盗贼并非有意把刀子带进来，只是昨天搬这搬那的太乱了，刀子不小心被混到标本的箱子里带进了实验室。因为标本箱子还附有金属铁架子，所以即使警报响了，也没有人会注意到里面还有刀子。不知道盗贼有没有注意到这一点，但这把刀子在晚上帮了他们大忙。现在我们回到盗贼要固定绳索来拉住门的困难上，无计可施的盗贼看到了刀子，又心生一计，他们只要把刀子固定好，然后电源线的三插孔就可以刚好卡插在刀柄上。骨架上没法固定好刀子，绑在骨头上也不见得稳妥，而且电源线长度有限，已经有一头绑在了门把手上，另一头再绑上的话会浪费长度，所以就只有把刀直接插在人体标本上了，最好是心脏位置，可以插得最深最牢。这就是最后呈现给我们的景象。"

"原来是这样呢。"丁甲呼道。

"但是为什么'犯人'把电源线拿走了,却把刀子留在了现场呢?"我突然想到。

"刀子因为金属探测仪的原因出不了实验室啊,电源线即使出不去,随便找个地方插着就可以了。而且只要把电源线拿走,就不会有人察觉到异常,发现原来的用途,因为大家更关注的是'人体标本被刺',而不是'刀子被固定用来做插座',冲击力和误导性会更强。即使拔了刀子,胸前的'伤口'也是无法掩盖的,这样反而容易招人怀疑。所以盗贼就将计就计,放任刀子在现场,迷惑我们的视线了。"徐老师给我解释道。

"很精彩呢。"这次背后传来一个熟悉的声音。

"不过我看也未必如此吧?"随之出现的是董老师。

(三)

"哦?什么意思呢,董老师?"徐老师一脸茫然。

"我说徐老师,您的推理也是不对的。"董老师一上来就带着一股气。

已经一脸疲态的董老师本来就对擅自分班的徐老师心怀不满,现在更是不甘示弱。

"那趁大家都在,一起听听董老师的高见?"

"没问题,我先来推翻你——您的推理。这是显而易见的错误,不过也不完全怪您,毕竟您没有看到搬运的全过程。昨天搬家的,除了在楼里作业的三个师傅,另外还有一个司机,对吧,彭老师?"

我点了点头,也回忆起来了。那三个师傅帮我们搬东西的时候，确实有一个像带头的，吩咐过让楼下的司机做什么。

"也就是说如果是团伙作案，他们起码有四个人，总不能是三人团伙带一个局外人吧，这样容易暴露行动。这样就好分配了，两个出入口各有一人把风，那么下手的至少有两人，所以根本不需要用绳子拉着门，一个人拉着门就行或者站在门边挡着扫地机器人。"

"我确实不知道有四个人。"徐老师也干脆地承认。

"我其实很赞成徐老师关于刀子进入实验室的推理，但是我认为可以更严谨一些，以主动和被动来分情况讨论。首先是'窗户进入说'，如果刀子是从窗户进来的，那么我们应该可以说是'犯人'为了避开门口的金属探测器而选择了从窗户进入，即刀是'犯人'主动带进来的。这其实有点费解，为了避开金属探测器，还有很多更有效的办法，比如陶瓷、塑料制的刀具，5楼的现场都比比皆是，完全没必要为了把金属制的刀子带进实验室而大费周章从可能被目击者发现的窗户进入。所以从逻辑上我们就可以排除从窗户进入的说法了，既然是从门口进入的，那么自然就像徐老师说的那样，是跟着其他即使引发报警也不会有人留意的东西一起进来的。我认为刀子之所以会进到实验室，完全是偶然或者意外，可能是搬家的时候不小心之举，总之是被动的，'犯人'只是碰巧发现实验室有刀子而已。"

董老师说完，停顿了一下，又继续说：

"接下来大家想一下，在真实的凶案现场，相关的影视作品或者丁甲你很喜欢的推理小说里，蓄意谋杀的情况下，一般凶手都不会把凶器留在现场吧，因为很容易对自己不利。但这次'犯人'却故意把刀子留在了现场，似乎是在宣扬自己'杀人'的事实，生怕别人发现不了一样，就像最开始小于说的'杀人'

预告那样。是不是有点反常呢？"

"对啊，那不就是我说的'预告杀人说'吗？"小于插道。

"不是的。任何犯罪都有明确的动机，如果是你说的预告，那么被警告的对象是谁呢？只需要警告'被害人'就可以了吧，没必要这么宣扬，如果校方学院加强了管理，对'犯人'自己日后真正需要实施的犯罪也有影响。所以，关键就在于——没有发生真正的凶案。"

——啊？

在场的人几乎都跟我发出了同样的疑问。

"不用奇怪，我们接着说，继续思考上面的问题——既然如此，凶器又为什么被留在现场呢？就像前面我们考虑刀子进入的情况，我们同样可以考虑刀子留在现场的主动性和被动性，但这里更复杂一些，我认为这应该是被动的、被迫的主动性。不用都摆出一副很奇怪的表情，这是因为前面我们已经排除了不少'犯人'为什么要把刀子留在现场的可能了，还有像无法通过金属探测器、不太可能把刀具往窗户外面乱扔的可能性。对于发现了刀具的'犯人'，是无法对出现在实验室里的刀具置之不理的，原因我们不用深究，总之'犯人'不希望刀具出现在实验室里。眼见刀具带不出实验室，且无处藏匿，实验室里空空如也，没有椅子，也没有桌子，这么危险的刀具如果就这样乱放着不管，到了晚上，扫地机器人作业的时候万一被吸附上，带出了实验室，引发了警报声……这些都是'犯人'不想看到的。接下来就是徐老师上一个推理里说的了，卡在骨架上是不稳妥的，扫地机器人只要一碰就容易掉落，所以只剩下最后一个办法了，就是插在人体标本上。这就是真相。"

董老师看向几个好事的学生和徐老师，脸上挂着一副"你们满足了吗"的表情。徐老师好像明白了什么，强行带着学生离开了。

见到好事人等都走了，我继续问："可是背后那个你叫我们不要深究的原因才是关键，对吗？"

"当然了。"董老师镇定自若地说。

"但在学生面前不能说，对吧？"我也明白过来了，想必徐老师是更早明白了这一点，并且极有可能已经猜到了背后真正的动机，才会抢先一步带走学生和小于。

"这自然是只可心知不可言传的了，更何况是对你来说。"董老师轻声叹道。

"我？"我更加奇怪了。

"嗯，你。"

董老师再次拒绝了我。

今早怀抱着巨大的搜集情报的渴求走进学院办公室的我，在经历了大体老师被刺的"杀人"事件后，怀抱着更大的疑问走出了办公室。董老师不肯说，我跟徐老师又不熟，而靠我自己根本就想不到答案。

每当这种问题时刻，我总会想起一个人，一个已经有好几个月没有联系的人，一个连我自己都不知道为什么会不好意思面对的人。

她不过是董老师的女朋友而已。

我跟她不过是工作上的前后辈而已。

我不过是向她咨询工作上的事情而已。

——在害羞什么？

——有什么可害怕的？

上面这些话在过去几个月来我已经对自己说过无数遍了，

不过这一次，对真相的渴求，不，对董老师所说的"对我来说更加不能言传"这句话的含义的好奇，战胜了之前的羞耻和恐惧。

话虽如此……

——可能我只是给自己找了个不得已的借口。

——只是再次联系她而已……

"温老师，在吗？"

我犹豫了片刻，还是敲下了这句话。本来我想发的是"你跟董老师在谈恋爱"这样的话，但一想，人家谈恋爱，也没有义务告知我吧？

"怎么啦，五个月没叫我啦。"没想到这么快就有了回复。

——不过这说的是啥……

"看来是又发生了什么事了吧。彭老师的日常事件簿。"

"让我猜猜。"

"莫非是有人被杀了？"

"被害人是不是一具标本？"

她发来一连串令人惊讶的话。

"你怎么知道的？"我迅速回复。

"董老师说的吗？"我下意识又加一句。

"图老师说的啦。"她还在后面附了一个"嘘"的闭嘴表情。

"我跟董宽……"她又发来几个字，但很快就撤回了，最后发来的是"我跟董老师已经很久没有联系啦"。

"你们不是情侣吗？"我顺势推舟，加了一个"惊讶"的表情。

"你怎么知道的？"她把我上面的话引用复制过来了。

我不知道该说什么。

"早就分手啦。你还提……"她好像什么都没有想就发来这句。所以这是真话喽?

我暗自窃喜。

"哦哦,不好意思。"

"还是说回你的案件吧。"她转移了话题。

心情愉悦的我又把事件的经过和众人的推理说了一遍。

"所以董老师不肯对我说的原因是什么呢?"

"哈哈。很简单啊,因为他想说的是,'犯人',是你的领导,邓副主任。"

"啊?啥?你说什么?"

"他说得还不够明白吗?有谁不想看到刀子在实验室里?社团的学生自然不想,毕竟是他们自己弄丢了刀具这么危险的东西,但是他们不一定会想到去实验室这种地方找,即使找到了,就带出来得了,大不了挨一顿教训而已,不会有什么实质性的影响。但是对于负责社团活动的老师来说,那可就不一样了,比如你,彭老师。如果被发现不见了的刀具危险品出现在实验室的地上,那就说明是你们在搬东西的时候不小心弄丢的,责任就在你们身上了。在学校里,学生除非做了违法违规的事情,要不然是担不了什么责任的,但老师、教职工不一样,比如彭老师你如果被记一次这样的工作失误,那后面的晋升、竞聘都会有影响。为了不受这样的影响,那可是什么事都做得出来的吧?"

"啊?不是……这肯定不是我做的呀!"我连忙解释。

"哈哈,我都想象得出你在屏幕后的表情了,太可爱了你。我当然不是说彭老师是'犯人'啦,像彭老师这样的热血新人老师,即使真的发现丢失的刀子出现在实验室,也不会考虑那么多之后选择自保,而是肯定会先报告,如实处理。"

我想了想，确实自己大概会这样做，不过也有可能是因为自己想不了那么深远。

"但对于在职场摸爬滚打多年的老人来说，特别是处于竞聘期的领导来说就不一样了。邓副主任敏感得很，她可能是晚上有空了，就随便找找看今天搬东西的地方，没想到却在实验室里找到了。她第一时间想到的是追责问题。社团活动上丢失的刀具被意外搬到了教学场所的实验室里，如果被人抓住做文章，放大宣扬，那自己的竞聘怕是凶多吉少了。她肯定是想尽了办法，希望能不为人知地把刀带走，但想来想去都找不到法子，看来刀子是带不走了，只能留下来。多年在高校里摸爬滚打的经验让她急生一计，既然刀子这个工作失误带不走，那么就把这个风险、这个错误转移。跟徐老师推理说的类似，刀子被落在实验室的地上，跟刀子被插在实验室人体标本的胸前，可是有着天差地别的视觉冲击和意义。前者会让负责社团工作等学生工作的邓副主任难辞其咎；但后者则会让整件事变了味，各种解释都可以，比如说有人专门从社团活动现场偷出刀子做'杀人预告'的坏事，也有纯意外的可能，还有可能是盗贼团伙利用刀子做什么勾当。总之，这就不一定跟社团学生活动有关了，但是对于实验室的负责人——周副主任来说，就不一样了，不管是哪种情况，他都脱不了干系。只是简单变换了一下刀的位置，就能呈现不同的情景，令自己脱罪的同时，让竞争对手背上罪名。这就是董老师说的'关键在于没有发生真正的凶杀案'的意思，不用真的'杀人'就能'杀人'。"

"这也太厉害了吧。"我打从心底佩服邓副主任。

"嗯，董老师真的挺厉害的。"温馨羽回道。

"啊？哦，你是说董老师这样也能推理出来很厉害是吧？"

"对啊，董老师能编造出这样的推理来，跟他推理中的假'犯人'邓副主任一样厉害呢。"

（四）

又是我意料之外的展开。

"董老师也来了一下顺水推舟，既然没法子让大伙的推理热情降下来，那就自己也加入，给出一个让众人愕然的推理，还能帮自己的主管周副主任把竞争对手黑上一番，在这种事情上，他还是那么毒呢，哈哈哈。彭老师你信星座吗，董老师就是典型的天蝎座性格。"

我快速搜索了一下天蝎座的性格，意思就是表面平静，背地里却记仇并且心眼儿很密，类似于君子报仇十年不晚，势必以牙还牙的人。不说不觉得，一说又觉得有点像这么回事。

"那'犯人'到底是谁呢？不会就是故意给出错误推理的董老师吧？"我继续问。

"不是吧，他没有动机呀。我也不是很确定董老师的推理是错是对，只是注意到一个新的想法而已。"

"什么？"

"为了更好地存放标本，实验室一直开着空调，对吧？既然空调一直开着，窗户就不可能也是开着的吧，明明清楚知道这一点的丁甲，为什么在推理的时候却认为实验室的窗户是开着的呢？而且丁甲是前一天上的课，是吧，徐老师说了当时窗户是关着的，丁甲不可能不知道。但实际上窗户是开着的，丁甲也说对了，这不是有点巧合吗？"

我回想起丁甲的推理，确实有这么个奇怪的矛盾之处。

"如果丁甲是始作俑者,那他的动机又是什么呢?"我接着问。

"彭老师,你知道丁甲最喜欢的是什么东西吗?"温馨羽反问我。

"丁甲喜欢的东西……是悬疑类小说?还是推理小说来着?"

"彭老师原来是那种分不清悬疑小说和推理小说的人吗?"

"这是什么社会人格分类吗?"

"不好意思,我恰恰是分得清的那一类人。"

"这有什么关系吗?"

"没有关系。"

我忍住憋屈,接着追问:"那丁甲这样做的动机是什么?"

"董老师是说了'关键就在于没有发生真正的凶杀案'吗?"

"嗯嗯。"

"我也赞同,关键就在于没有发生真正的凶杀案。"

"你是复读机吗?"

"重要的事情说两遍。"

"没听出来哪里重要了。"

"你想想看,如果被刺的不是人体标本,而是真正的人,那就是凶杀案了,那就变成真正的杀人凶手了。"

"我还是没明白,你的意思是丁甲推理小说看多了,然后走火入魔了?"

"这样的解释太牵强了吧?"

"那你来说说看。"

"如果说,丁甲真正想要的并不是'凶杀案',而是发生'凶杀案'后,你们的反应呢?"

"我们什么反应?作弄我们吗?"

"怎么可能呢？你想想看，你刚才跟我说的，你们都做了什么？丁甲要的就是这些——你们给出的多重解答！"

"啊？"

"你不是说，丁甲成立了新的学生社团，正因于写不出好的出道作吗？所以我问你知不知道他喜欢的是什么，他喜欢的恰恰就是推理小说，特别是带有多重解答的推理小说。对于像彭老师你这样连悬疑小说和推理小说都分不清的人来说（非嘲讽），是不容易明白这种癖好的吧？看着同一个案子里，不同的角色进行不同的推理，光是这样，大脑就能兴奋起来，这就是多重解答的魅力。这样的人，彭老师可以理解吗？"

"现在可以想象得到了……"

"丁甲就是这样的人。看小说的时候，读到作者洋洋洒洒地写下好几重推理时的兴奋心情，在自己执笔的时候却无法轻易做到。我听说过真正好的文学作品，是可以让读者在读过后萌生强烈的创作欲的，但可惜推理小说又是一类创作门槛极高的文学作品，不是说空有一腔热情就能进行创作的，就像丁甲。你看就像他自己做出的那一重推理中的核心诡计——穿堂风，不也是照抄董老师去年在丢失手机一事中的推理吗？"

"温老师也是一个推理小说迷吗？"

"完全不是。"

"那你为什么很清楚很专业的样子……"

"你要是跟我聊篮球社、漫画社，我也可以这样，大概这就是专业的前任辅导员吧，哈哈哈。"

"真的能做到这种地步吗……"我惊讶于她对这份工作的投入。

"怎么说呢，大学生来到学校，也不光是为了学习专业知识，还有其他的社会技能或者发挥自己的特长、爱好之类，这些他们在高中不能做，或者不被允许做的事情。很多影视或者文学作品中都说中学时代是青春岁月，但其实对于国内大多数的学生来说，中学都是在应试学习中度过的，真正能做自己喜欢做的事，真正的青春，其实都是在大学里。打上一场毕生难忘的篮球比赛，跟人分享一本刚读完的最喜欢的漫画，这才是青春时代。所以我有这么一种观点，如果说中学时代有辅导员，那么辅导员们就是保护学生们不被其他事物影响、可以专心致志学习应对高考的，但大学时代的辅导员，是为了保护学生们有一个完整的青春而存在的。这点小小的爱好，汇集起来就能丰富校园生活，日后甚至会成为一些学生终身的职业。前阵子不是还有别的学校为是否应该取消文体活动的加分上过热搜吗，咱们学校是不是还允许，对吧？参加社团活动可以在评选奖学金和保研的时候加分。文体分能不能加，我其实是赞成派，如果评优时只考虑课程考试成绩，那岂不是相当于告诉学生，大学只是中学的延续？大家只需要读书就行？那学生进入社会之前，还是没有过渡期。"

"但像保研这种只看成绩也没错吧？毕竟读研的目的是以后做科学研究……"

"这话你自己也觉得理亏吧？彭老师你研究生毕业后并没有从事科研工作，像你我从事的辅导员工作，现在招聘时都要求应聘人得有研究生学历，那是不是在学生时期有更丰富的社团文体活动经历的人会更合适？既然这样，那保研时为什么不能文体加分？"

"这样说也对……"

"咱们学校也还是有的吧，保研的文体加分？"

"好像还有的，虽然不多。"我记得上学期末学院自行统计保研成绩时，董老师就说过班长王施涛恰恰是因为去年在篮球比赛中拿到冠军的那一点点文体加分，保住了保研线内的排名。

"对嘛，不用太多，但应该要有所考量，这才有利于大学的人才培养。我们奉行的书院制，不也是这个目的吗？"

"嗯嗯……不对，我们不是在说丁甲吗？为什么跑题了？"

"你先跑的。"

"赶紧回来。"

"我看看刚才说到哪里了……"

"说到丁甲创作不了……"

"哦哦，对！丁甲想写出一本多重解答的推理小说作为他们社团的立本之作，但奈何水平有限。接下来只是猜想了——这天夜里，丁甲在找寻写作的灵感，这时他想起了白天刚上过解剖课的人体标本实验室，可能觉得这样恐怖怪异的氛围是激发创作灵感的好场地吧。晚上扫地机器人作业的时候实验室的门会打开，进去不是问题。进到实验室里晃悠的丁甲，思前想后都没有灵感，苦恼之际，他看到地上有样不应该出现在这里的东西——一把刀子。这时他脑子里可能闪过各色各样的想法，但对于一个重度推理小说迷来说，刀子只有一个最有魅力的用途，那就是凶器。既然没有灵感，没办法单凭自己写出精彩的多重解答，那就让别人代劳，自己制造案件，然后让好事者一起来推理。但是任凭他再怎么着迷，都不可能犯下真正的凶杀案，那就只能对不是真人但又类似真人的人体标本下手了。"

"这就是为什么说'关键就在于没有发生真正的凶杀案'，是吗？"

"嗯嗯。不过他胆子也足够大了，破坏实验室的标本，被查出来的话也不是小罪。"

"总比杀人罪要好。"

"哈哈，确实要好上不少。"

话虽如此……

对于一般人来说，做了明知道是错的事，跟犯了罪的心情是一样的。第二天见到丁甲的时候，我只是简单地寒暄了一句"小说写得怎么样了"，他就全都认了。

包括因于想不出多重解答的好点子、为何会想到去人体标本实验室、和下手的全过程，都跟温馨羽说的相差无几。唯独有一点——

"是我把窗户打开了，因为想着这样的话可以给大家创造更多犯罪的可能性，激发多重解答的思路。我的确把窗户打开了啊，还开得大大的，所以第二天当我听到徐老师说上课时窗户是虚掩着的时候，自己也吃了一惊。到底是谁把窗户关上了呢……"

——到底是谁把窗户虚掩上了呢？

"或许真的是穿堂风吧。"丁甲有气无力地说道。

现在，婚礼前

被访问人：丁甲

说啥呢，要真写那玩意我早要饭去了。现在谁还看小说？还是推理小说这种冷门的类型？

现在好像悬疑类的作品还比较受欢迎一些……

悬疑和推理的区别吗？不知道也罢了……只需要知道不受欢迎的是推理，受欢迎的是悬疑就行……

为什么？当然了……看那玩意你根本不用动脑子……大家自然喜欢看啦……

妒忌？我都没有写那玩意了，都不是这一行的人了。

这样说怪不好意思的，我哪敢说自己曾是行内人呢？写的净是一些见不了世面的东西……

……

老师您还记得大四的时候，有一宗大体老师遇害的事件吗？

遇害。对啊，遇刺更准确点。我本来想着那起案件可以给我足够的灵感，那天我看着大家都在推理，把我兴奋得啊，就像在看一本小说翻拍的电影。

以前写不出好的作品，我一直以为是因为没有灵感，缺乏素材之类的。就是那件事后，我才明白，原来这些都是借口。

我其实是没有才能。我压根就没有写推理小说的才能。

我今年都快 30 岁了啊。

30 岁的时候绫辻行人老师都写出了生涯巅峰之作《钟表馆事件》了。

……

而且我已经放下好些年了……

有些不开心的事，还是忘记比较好……

第六章　告白，未遂

二〇一七年一月

（一）

"你到了吗！"

电话里传来领导邓主任的咆哮。

与之相对的是眼前寂静无声的停车场。

开着的车窗让电话那头的喊声震斥着整个空间。

这里是学院楼的地下停车场。现在是晚上十点十一分。

——照理说这个点我应该躺在家里的床上。

但现在不是说这个的时候。

"我刚到停车场，马上坐电梯上来！"我也朝着电话喊道。情况危急，没有顾得上领导称谓。

"我也刚到一楼，现在坐电梯上去，直接去9楼！不要挂电话。"邓主任吩咐道。

两部电梯中只有一部能下到负一楼。希望那部电梯能刚刚好停在负一楼。我在心里默念。

——糟了！

停车的时候瞥见了电梯间,电梯门似乎正准备关上。

停车场一辆车都没有。

顾不上停车技术了。

我随便一停,就熄火冲向电梯。

在温馨羽的推荐下,我看过一本叫《金色梦乡》的推理小说,里面主人公有一句话说"真的会有人因为仅仅发动了一辆汽车就能感动得热泪盈眶吗",这话读时令人费解,但现在我算是体会到了。

真的会有人因为见到电梯停在负一楼就感动得热泪盈眶吗?

我一头冲进了电梯。

我跟邓主任几乎同时到达9楼。我们默契地往阳台走去,刚好碰上学生陈玥跨过围栏。

结局自然是我一个箭步把陈玥拉了回来。

事件以跳楼未遂收场。

(二)

现在回想起来,若不是昨晚跳楼未遂的插曲,昨天本来应是平平无奇的一天——

已经临近大四上学期结束,快到寒假了。来学院值班前我觉得挺无聊的,本想叫问题学生商舒蕙来谈谈话,也好做做样子给学院的领导看,以免半年后我要转岗的时候被阻拦。

关于转岗的打算,我已经做好十足的准备了,甚至连去向部门的领导都打好招呼了。我决心要往学校机关部处走,不考虑到学院去，也绝对不要再碰学生工作。但就在我信心满满的时候，之前的前辈问了我一句，"你到底想做什么"？起初我有点奇怪，但后来慢慢回想起来才明白他的意思。在高校里面，学生工作是一切的基础，我即使转了岗，撤掉了辅导员的岗位，但是没有学生工作的基础，我又能晋升到哪里去呢？如果只是在一个轻松的机关部门里蹲位，尸位素餐，这样糊涂地过完一生，是不是太窝囊了？

怎么想都不对头，这也是我最近烦恼的一件事。

看了一眼手机，商舒蕙说她已经提前回家了。闲来无事我又逛了一下，刚好碰到从楼梯间走出来的实验员刘老师。我跟他打了个招呼，他则说自己刚从楼顶下来。我们俩一起回到办公室，就听到大家在埋怨物业。什么很闲啊，什么都不用做，什么都不用管，正聊得兴起。刘老师更是义愤填膺，大骂道："你们敢想象吗，我这学期就管这实验室开关门了，我一个实验员，本来应该是跟着辅助教学上课……再说，这实验室的开关门就算了，还有……"

"我看怎么一楼实验室开着灯但是没人呢？"

没等刘老师说完，邓主任就走了进来问话。

刘老师马上转换态度："有设备公司的人在天台检查通风，所以得把设备都开着，待机。"

撂下一句"哦哦"后领导就走开了。

"归根结底，其实还是建筑设计的问题。很多地方设计得不合理，所以物业也懒得管。像天台那样，布这么多通风橱管道、设备外机、太阳能板啥的，这些都导致了管理混乱。"董老师道。

"你们都知道吗？一个冷知识，董老师是学土木工程出身的。"人事秘书图老师掺和道。

"也不全是建筑的问题吧,你敢想象吗,物业他们有时候甚至会放一些老伯、老太婆进来拾荒,你们都没有见过吗?"刘老师气又上来了。

"哈?这么搞笑的吗?"图老师笑着说。

"你们平时车都停在地面上,可能没留意到。你到停车场那个电梯口旁边的垃圾站看看,到了晚上多的是。我倒实验室垃圾的时候都碰见两三次,跟物业说过好几次了。"

"都是旁边的村民吧,你们也知道,这个校区建的时候征了不少旁边的农村用地。"

"说到这个,我也觉得那个校门和围墙是掩耳盗铃,随便都可以翻进来的吧?"

"你要这么说,多数的围墙都是摆设,要真想进来的人,都拦不住。"

"是建筑机电类啦。"董老师打断并补充道,"我也给你们说个真正的冷知识,其实电梯是可以直通到天台的,但平时很少见有可以直通天台的电梯,对吧?那是因为构造上来说……"

没等董老师说完,邓主任又折返回来,问道:"待会儿有个接待,要有个人跟着,谁去?"

大家面面相觑,显然都是一副不想去的样子。这种所谓接待,多数后面都伴随着酒局,而且还会搞到很晚,变相加班。除了能在大领导面前露个脸,就是一个烫手山芋。

在没有人主动举手的情况下,领导挑中了一个倒霉蛋子。

刘老师顺利当选。我们不地道地送上了朗朗的祝福声。

赔着笑的我其实内心多了一份担忧。这些大家都抗拒的无聊应酬,实际上也是晋升的一种途径。

——我到底想做什么？

如果只是想着工作轻松，那前途呢？

不知道是受这种忐忑心情的影响，还是怎么的，我一直无所事事地待到晚上9点多才下班。车开到校门口时，我看群聊里刘老师说还在喝酒，不知道何时才结束。

就在我准备关掉手机屏幕开车奔向家中时，又弹出来一条信息。我若无其事地瞥了一眼，是条匿名信息，这是W软件最近开放的新功能——匿名发信。

就是这条信息告诉我说9楼有人跳楼，让我赶紧去阻止。正常人都会想这是什么恶作剧，不予理睬，但很快我又接到了邓主任的电话，说她也收到了同样的信息。于是我们就上演了一出二人冲上9楼救学生的戏码。

现在回想起来，至少只是跳楼未遂，但如果我没理会那条信息的话……

第二天一大早我就过来找邓主任，本来是打算汇报其他事情的，但敲门进去后发现昨晚跳楼未遂的陈玥也在，她正在跟领导谈话。

"我不知道天台的门锁了，我去了天台，本来想从天台……"

感觉不好探听这种谈话的我马上尴尬地离开了。回到学院办公室，又有一大堆人聚集在一起，似乎是在讨论昨晚的事件，勉强可以算作当事人的我本想回避，但被刘老师叫住了。

"我昨晚差不多搞到凌晨才回到学校，到底发生了什么啊？"刘老师问我。

"这……也没什么……"我含糊其辞。

"说嘛，彭老师，我也有小道消息，你把这件事说出来，我也说。"图老师从中作梗。

"不够意思啊，彭老师。"刘老师继续怂恿道。

"你们一定要保密。其实就是有一个学生想跳楼……"我给他们使着眼色。

但我没料到的是，刘老师听到这儿的时候脸色一变。

"放心啦，没跳成，我们从9楼把她拽回来了。"我赶忙解释道，刘老师听后露出安心的神色。

"到你了吧？"我转向图老师。

"你们难道就不想知道那个女生跳楼的原因吗？"图老师邪魅一笑。

"你难道不知道吗？"她还特地看了看我。

——她什么意思？

我摇了摇头。

"听说哦，只是听说。"她竖起手指，做出"嘘"的动作，轻声说道，"是感情问题，男朋友要跟她分手。听说两个人还一起去过酒店，就是那个Q酒店。"

听到Q酒店的时候，我瞬间明白了图老师为什么特意看着我说。

——难道我去那里相亲的事被发现了？！

我脸红地摆出真实吃惊的表情，内心想着可千万别把我相亲的事情说出来啊。

"你身为辅导员居然不知道吗？"图老师又看向我。

——什么嘛，原来是这个意思。

我松了一口气。

"哎，你这话说得，像个保守的封建大妈。大学生出去开房又怎么啦，都成年人了。"刘老师辩护道，刚才脸上的难色一扫而空。

"辅导员觉得呢？大学生开房，很寻常吗？"图老师问我。

"不鼓……"我一时间想不到这方面的标准答案。

虽然是成年人，但说起性的话题时总是似放未放。

"分手就要跳楼吗？未免太脆弱了吧。"董老师也凑了过来。

"董老师还是未婚吧？该不会还没谈过恋爱吧？分手对于热恋中的情侣是很大的打击。"刘老师反驳道。

"董老师可是很纯情的呢。"图老师笑着说。

我有点奇怪，看来董老师跟温馨羽谈过恋爱的事情未在学院办公室传开。

"学生时期的低成本恋爱结束了就要自残，那么到了以后还怎么办呢？工作的强度要像我这样，那岂不是要死好几次了？"董老师说道。

"不管怎么样，学生都不会有错的。"刘老师叹道。

"这个时代的学生真是被宠坏了……"图老师又开启老生常谈。

"比起这个，我倒觉得彭老师，你们辅导员也一样，也被宠坏了。"董老师冷不丁地朝我来了句。

"就因为我们彭老师不知道学生的酒店私情吗？"图老师不怀好意地抢回道。

"我举个例子，辅导员还有兼职的，兼辅小于，但是你看，教务员有兼职的吗？有兼教吗……"董老师驳道。

"哈哈哈。"图老师反而被逗笑了。

"不管怎么说，没出大事就好了……"我还是想尽早结束这个话题。

"没出大事，要感谢的，是那个匿名发信者吧？"图老师又挑衅起来。

"什么匿名？"刘老师又好奇起来了。

"比起'感激'这个说法，我看有人可能有不一样的看法哦。"

说罢，董老师支走了好事的刘和图，把我拉进了会议室中。里面有两个学生在等着，一个是前任班长王施涛，另一个好像是他的室友张杰善，两人来找我们的原因是关于那个匿名发信人的。就像董老师说的，他们似乎想反过来举报那个匿名者。

"老师，我认为是舞蹈社的人重操旧业了。"张杰善斩钉截铁地说。

他所说的舞蹈社的学生，此前一直在学院楼南侧一楼实验室前面的空地练习，晚上实验室朝外的落地窗形成了良好的天然反光镜。但是他们的音乐声音太大了，加上学生的吵闹声，就变得跟扰民的广场舞一样，屡次遭到师生和旁边居民的投诉，于是前不久学校就禁止他们再在那里练习了。

"为什么这么说呢？有什么依据吗？"我问。

这次换作王施涛来回答："老师，是这样的，昨晚跳楼的人应该是陈玥吧？放心，我们都知道的，也不会对外乱说。我们听说陈玥本来是打算到天台上去的，发现天台锁上了，所以才回到9楼。要上天台有两条路，一条是南侧的楼梯，另一条是昨晚老师你们乘坐的电梯。"

"等等，我们昨晚……"

"老师，学生之间的信息流动得也是很快的。还不止于此，"王施涛继续说，"老师您是从停车场负1楼坐的电梯，而另一位老师是从1楼坐的电梯，对吧？"

我瞟了一眼董老师，大概是他说的。

"说明当时两部电梯出发的位置是一部处于负1楼，另一部处于1楼。"

我和领导到达9楼的时间差不多,王施涛说得也没错。

"学校的电梯有不允许电梯闲置的设计,就是当电梯不运行的时候,总会有一部回到1楼。如果陈玥最初是坐电梯上的天台,当时学院楼已经没什么人了,不考虑除了她之外还会有人坐电梯,那么总会有一部电梯停在天台或者9楼上面的,但这与事实相悖,所以陈玥不是坐电梯上的天台。也就是说她是走楼梯上去的。南侧楼梯处一般不会有人在,有可能在那里的只有那群舞蹈社的人了。"王施涛说完了他的推理。

"所以肯定是舞蹈社的人又偷偷地回到那里跳舞了,这也是他们匿名发信息的原因。他们不想暴露自己违反了规定。"张杰善再次断定道。

我看了眼董老师,想看看他有什么可说的,但是他好像无动于衷。

于是我便岔开话题:"为什么感觉你们有点针对舞蹈社的人似的?虽然你们说得也不无道理……"

这时,不知道是谁的手机铃声突然响了起来。

"你就像一阵烟雾——消失在我的——世界里——"

高亢的女声响彻会议室。原来是张杰善的手机铃声。他迅速按掉了来电。

"直说吧。瞒不住的。"王施涛见状说。

"老师,因为舞蹈社那群人都是'芙'派。那个团体的歌和舞蹈都难听、难看死了,简直令人作呕。而我们是'炽'派,跟其他'兔''葡''娃'派的不一样,我们'炽'派跟'芙'派是纯纯不对眼的天生敌对关系。"张杰善随即说道。

"什么?"

要不是董老师解释了一下这是现在女子音乐团体的简称，我甚至都以为是什么涉黑团伙的字头。怎么现在的音乐团体都是这些奇奇怪怪的名字，我虽然不是那种死宅粉丝，但是我记得我那个年代受欢迎的还是什么早饭少女团、什么4846的组合。时代变化真快。不过说到这里，我突然灵光一闪——

"2楼人体标本实验室的窗户，你知道吗？"我突然问道。

"啊！老师真的是瞒不住您啊！真的是抱歉。但是那刀子不是我插的，我发誓。"张杰善就差没跪着说了。

我一直纠结上次人体标本被刺事件中被丁甲打开了的窗户又被虚掩上的疑点，刚刚张杰善说的时候我想到，案发的实验室跟舞蹈社用来当镜子的实验室正好是上下两层。张杰善很干脆地承认是他想作弄在下面跳舞的舞蹈社，因为本来人体标本实验室是用作储存大型设备的，会用到很多桶装水，他就想着把窗户微微打开，然后把水倒下楼，溅舞蹈社的人一身，制造是实验室漏水的意外。但他没想到实验室会临时调整，所以晚上他就去把窗户虚掩上了。

"我记得刘老师不是跟你们说过会调整实验室吗？是不是上课又没听课。"董老师突然出声。

"绝对没有，董老师。施涛，你也不知道是吧？刘老师绝对没说过！刚才我问刘老师，他也说自己上课时肯定说过，但事实上他就是没说。"张杰善反驳说。

"确实，我也记得刘老师没有跟我们说过。不过我记得刘老师说过天台上锁了，让大家不要乱跑，但您看陈玥不也照样往天台上去，谁记错了都有可能。"王施涛附和道。

"我知道了，你们没说错，刘老师也没有说错，但你们怪错人了，不管是刘老师，还是舞蹈社的人。"董老师回应道。

"什么?"我跟两个学生异口同声。

"杰善和施涛不知道实验室换了地方,陈玥不知道天台上锁了,刘老师则是坚持他对学生们说过这两件事。你们的说法是矛盾的,但我认为你们都没说错。像'换了实验室'和'锁了天台'这样的事不属于教学内容,刘老师之所以会在课堂上说是因为那天遇到了,所以就顺道提了一下。彭老师应该有印象吧,当时前一天在搬实验室,第二天刘老师一早就被物业叫过去了,大概说的就是让他锁天台的事。因为那两天分别遇到了这两件事,刘老师在上课的时候就提了一下。问题出在分班上。任课的徐老师是按照姓氏拼首字母音分的班,所以 C 姓的陈玥跟 W 姓和 Z 姓的你们俩没有分在同一个班,但刘老师并不知道分了班。分班后的人数相等,加之他在台上讲话时会特别紧张,所以他上课的时候也没有注意到分了班。在他看来,他只是把'换了实验室'和'锁了天台'这两件事分开说了,但在分班的学生看来,前面班的学生如陈玥只知道'换了实验室'的事,而后面班的学生如杰善和施涛就只知道'天台上锁'的事。"

"哦哦,原来是这样。但为什么老师您说我们错怪人了呢?"张杰善问。

"难道是说匿名发信息的不是舞蹈社的人吗?"王施涛接过话来。

"对,你们的猜测是不对的。到这里,我们已经知道刘老师是负责给天台锁门的人了,那问题来了,彭老师应该也有印象吧,昨天刘老师说有设备公司的人在天台作业,也就是说昨天上午刘老师已经把天台的门给打开了,对吧?但后来刘老师中途被叫了出去搞接待,刚刚他说直到凌晨才回来,也就是说天台的门,从上午到当天深夜,一直都是开着的呀!若如你们所说的那样，陈玥是走的楼梯，天台的门没有锁，那她肯定就从天台上跳下来了，而不会跑下9楼来再跳。而且你们否定陈玥选择电梯的理由也不充分，那部停在负1楼的电梯，完全可以是一部'监视'电梯。说到这里，彭老师应该明白了吧？"董老师看了看我。

本来一脸蒙的我听到"监视电梯"后，就一瞬间明白过来了："对！即使陈玥是选择坐电梯，一样可以有一部电梯停在1楼，另一部电梯停在负1楼。昨晚我赶回停车场时，看到电梯正在关门，会有两种情况，第一种是有人刚刚停好车准备上楼，第二种就是有人刚刚下来停车场准备开车离开，但当时停车场里一辆车都没有，所以这两种情况都不太可能。那为什么门会关呢？那就说明刚刚有人按住电梯门，或者用东西抵住门，不让门关闭，这样做唯一的目的就是没有人可以坐电梯下来。这就是'监视电梯'。会这样做的人，恐怕就是拾荒的阿姨了吧。阿姨怕被人看到，所以要谨防有人下来，想必楼梯门也被她做了手脚。我回来的时候，阿姨听到车声，知道有人来了，所以移开了物品，电梯门开始关闭。我想陈玥当时坐电梯上去了，此时一部电梯在负1楼，一部电梯在上面9楼，正常应该负1楼的电梯上回到1楼，但是实际上被阿姨做了手脚按死了，那只能是上面9楼的电梯又下来了，最后形成了一部电梯在负1楼、一部电梯在1楼的状态。"

"那匿名发信息的人呢？"

"正常来说，像告诉老师有人要跳楼这样的事是不需要匿名的，而且匿名反而会让人生疑。所以匿名者是一个不想让我知道自己还在学校的人，比如今天那个我想找但她又说自己已经回家了的学生。"我想起了商舒蕙，除了她，不会有其他人了。

"哦哦，原来是这样……"张杰善一副失落的样子，跟刚才断定舞蹈社的时候形成强烈对比。

"我就说嘛，先跟老师们说一下，是对的。"王施涛则是无所谓的样子。

两个学生抱着不一样的心情走出会议室，但王施涛又回头对我说了一句："对了，彭老师，这学期保研成功之后我还没感谢您呢。"

"感谢我？"

"对，我得好好感谢您。"说完两人就走了。

"为什么保研要感谢我呢？"我问董老师。

"说明学生认为彭老师你在他们的成长道路上起到了不错的作用吧，这不是好事吗？"董老师笑着说。

"是吗……"这么一说我还有点沾沾自喜。

"王施涛这孩子挺不错的，之前当班长的时候也蛮靠谱，各个方面综合发展。所以说啊，不仅是学生，所有人都一样，必须抓住一切可能的机会。王施涛就是因为一年多前在学校的球赛上拿了冠军，给他加了1分保研综合分，最后刚刚好最后一名成功保上了研。"

"最后一名吗？太幸运了吧。"

"嗯嗯，那孩子说他就是这样的人，不追求做到'最好'，只要'刚刚好'就可以了。有时候我觉得这种人生观还挺好的，不是时常有那种言论说'要么做最好的学生，要么就做最差的学生'吗？就是说老师只会记得最好的那个和最差的那个，那些一直在中间的没有人会记住。但像王施涛这样，刚刚好的中间程度，完美地平衡，也很让人羡慕。彭老师你呢，会选择做哪种？"

董老师笑着拍了拍我的肩膀。

——是呢,我到底想做哪种?

看着董老师,我没忍住把这个一直困扰着自己的问题说了出来。

经过一年多的相处,虽然被认为分别是"学院派"和"书院派"的人,虽然他是我现在喜欢的人的前男友,但是我内心已经把董老师当作真正的朋友了。

听完我的烦恼,董老师迟疑了一会儿后说:"我认真思考下再回复你吧。"

(三)

每当此般迷茫的时候,我总会想起我的前任。

前任辅导员。

下午闲来无事,我又把这件事告诉了她——作为切入点。

其实我真正想跟她聊的,是关于是否继续做辅导员的事情。

也不对。更加深入地说,是还要不要继续留在学校里的问题。

"话说回来,我很久没见过王施涛了。他居然都不感谢我。"温馨羽聊起这位前任班长来。在她还在做辅导员的时候,跟时任班长的王施涛应该还是挺熟悉的吧。

"我都不知道他保研跟我有什么关系,更不要说你了……"

"像董老师说的,得到学生的感激,不是好事吗?"

"莫名其妙的感激……"

"那孩子确实挺特别的。"

"你是指他那种'刚刚好'的性格吗?"

"呵，你也知道啦？"

"董老师说的。"

"我现在也在想，做到'刚刚好'，真的是不容易呢。那孩子说得出来，也做得到，我还是挺佩服的。"温馨羽感叹道。

"我听他说过，做班长的初衷是为了拿一段学生干部的经历，日后找工作好多一些选择。"我回忆起上一次学生定期谈话的时候。

"对，他当班长的时候也跟我说过同样的话。后来大二后半年他对我说想退任的时候，也是很坦率地说'感觉保研有点勉强，大三开始想全力在学习上冲刺'。现在的孩子都很敢于表达，不是吗？我个人感觉挺好的，但又感觉怪怪的。说不准，他感激你，就是因为这件事吧。"

"允许他退任？"

"大概是吧。"

我的确问过他要不要继续做班长的问题，因为当时刚上任的新班长杨雪枚不止一次提出不想干了，王施涛的回答也是认为做班长太累。他的比喻我至今印象深刻。

"老师，您知道导演是干吗的吗？您想想，一部电影里，拍摄有摄影师，剧本有编剧，拉投资有制片人，所以，导演有什么用呢？但一部电影不可能没有导演对吧？我就是整个班的导演。事实上，一部电影不可能是拿着钱对着剧本拿起摄影机就能拍出来的，我就是做那些没必要说出来但又必须有人去做的事的人。像大二开学搞集体活动时让我中途去拿班旗借相机，最后那些没喝完的水都是我搬回来的，像开学和期末时还要陪老师们去走访宿舍，这种事做一年就刚刚好了。"

我在想，他这样的想法跟我做了两年辅导员就准备转岗不是一样的道理嘛。

"不过啊，关于陈玥那件事。"

温馨羽又敲来几个字。

"你们说得都不对。"

我没想到的是，温馨羽直接给我回复的是这句话。

她又发来一段话解释道："董老师跟你的电梯论也有着很明显的错误。如果电梯到不了天台，有可能让人坐到天台后才发现门开不了吗？不是更应该在按键的时候就发现按不了吗？而且电梯到不了天台也不是什么很奇怪的事，所以陈玥想要上天台，并且想尽可能避开其他人，最可能的就是走楼梯了。这其实是很容易就能想到的事情啊，你们可能有点钻牛角尖了。但问题来了，陈玥既然是走楼梯的话，就可以顺利来到天台，因为天台的门没有锁。那她为什么没有选择在天台跳楼呢？只有一种可能。那就是当时天台上还有其他人。"

"哈？还有谁？"

"设备维修公司的人啊！他们作业一整天，从白天忙到了晚上。这也证明张杰善和王施涛的说法是错的，因为上面在检查设备，所以一楼实验室应该是亮着灯的，这样一来就无法形成反光镜面，自然舞蹈社也不会在那里练习了。说实在的，你们都跑偏了，陈玥是走楼梯还是坐电梯都不重要。要找出那个匿名者，眼下，不就有一个曾经跟踪过陈玥的学生吗？"

"啊？！你说什么？"我吃了一惊。

"我以为彭老师你已经察觉到了呢，就在一年前的相亲会上。话说起来，也是那个跟踪的学生让彭老师你失去了一段大好姻缘呢。"

"你是说在Q酒店我和你第一次见面的那次相亲会？"

"对啊，你还记得这么清楚啊，我以为你忘了呢？你不是还跟我说有个女生跟你聊得火热，却突然就对你冷淡下来了吗？"

我当然不会忘记。我跟那个女生在那个厕所转角告别后我躲了起来，之后又想转回去的时候差点碰到同样转回来的女生，然后女生在厕所门前停留了一下就像发火似的走掉了。但跟这次的事件有什么关系？图老师说陈玥曾跟她的男朋友去过Q酒店，莫非就是那个晚上？

我继续看温馨羽的回复："女生跟你告别后又转回来，大概率是为了上厕所。第一次她准备上厕所的时候推了推门对吧，那时候她发现门是反锁的，证明里面有人。那她既然为了上厕所又折回来，说明她知道刚才厕所里的人已经走了。她是怎么知道的呢？有没有可能是那个人离开厕所后遇到她了呢？但她第二次来到门前又敲了敲门，说明她不是非常确定里面是不是有人，也就是说她并没有遇到出来的人，那么她很可能只是听到了厕所开门或者冲马桶的声音，以为里面的人出来了。这时她开心地来到门前，准备上厕所时，突然想到一个恐怖的问题——如果自己没有遇到那个上完厕所走出来的人，那就是说那个人是往相反的方向，即刚才跟自己聊天的男生——彭老师你的方向走了。当晚下着雨，往那个方向走的人大概率是去那个露天停车场，去露天停车场大概率是为了取停在那里的车，而那里只停着一辆车。彭老师你后来还强调自己是开车去的。上女厕所的肯定是个女生，那就说明上厕所的女生跟你上的是同一辆车。刚跟自己聊完，转过头来又跟别的女生上同一辆车，换作彭老师你，会不生气吗？"

"原来是这样啊……"我长舒一口气，但还是不解，正想问那跟这次的事有什么关系的时候，座位旁的背包吸引了我。

这个正反面不同颜色的双面背包。上午太匆忙没整理好,另一面太过鲜艳的绿色露了一点出来。我在学校的时候都不会背这一面,那么……第二天找到我说要找保时捷车主的学生劳水飞,又是怎么知道我的背包这一面是绿色的呢?

我只在酒店里背过这一面。

那个上完厕所的女生是朝着我那个方向走的,但是我却没有遇到她。唯一的解释就是她也跟当时的我一样,躲进了幕布后面。如果是素不相识的人,她完全没有必要躲避我。

劳水飞就是那个女生。

她自然不是为了跟踪我而去的Q酒店。

她跟踪的,是去了Q酒店的陈玥和陈玥的男朋友。

我极力回忆那晚在露天停车场的那辆汽车。

明知道是雨天,也要停在外面,是辆希望招人目光的车——绿色的保时捷。

一年多前的那个雨夜,劳水飞撒谎了。她之所以这么坚持要找出那辆绿色保时捷的主人,绝不是出于那辆车在路口溅了她一身水如此荒诞的原因,而是因为那辆车载着陈玥去了酒店。

而到了昨天夜里,她发现分手后的陈玥有点不对劲,就跟踪了她,直到发现她上了天台。不想暴露自己行踪的劳水飞便给我发了匿名信息。

"朋友之间,会做到这种程度吗……"

"没有其他意思,我很早就发现了,这对表面的闺蜜,劳水飞对陈玥,似乎有着更胜于友情的暧昧情感。"

"你是说蕾……女同性恋?!"

"我也说不清。要只是普通朋友,真的会做到跟踪到酒店这种程度吗？但昨天晚上，即使看到陈玥想跳楼，劳水飞也不敢露面阻止，我感觉她还是走不出那一步。就算是自己无比想要的东西，也会有难以触及的时候。这样复杂的感情，彭老师能懂吗？"

"不知道该说懂还是不懂。"

"我倒是懂。我对董老师，大概，也是这样的心情吧。"

温馨羽这样回复道。

看到这句话时，我大概也懂了。我已经输了。因为温馨羽既然会对我说这样的话，也说明了她真的是把我当朋友了。

可是我不想仅仅当她的朋友。

我想要的，是她对董老师那样的感情。

我关上手机，走到了操场上，想透透气。

放假在即，操场上人影寥寥，仔细一看，不远处有一个女生的背影，一头长发飘在风中。

我认出那是劳水飞。

我走了过去，坐在了离她不近也不远的位置。

"老师。"

"嗯嗯。"

"我很喜欢一个人。"

"嗯嗯。"

"但我留不住。"

这次我没有回答。因为我知道她需要的不过就是这样。

风声没有盖住她的啜泣声。

和那一声"谢谢老师"。

这一刻我想我有了答案。

关于是否想做和是否适合做辅导员的事。

因为……

从我认出劳水飞的那一刻起,这些都没有真正发生。

现在，婚礼前

被访问人：张杰善

啊哈哈，这照片您还留着呢。

我看看……

那青菜叶子还在，哈哈哈……

真是怀念呢，老师。当时我尴尬极了，但想着反正是最后一天了，怎么样就怎么样吧。

您看，我笑得多灿烂。

这就是大学生的朝气吧！我都想念这照片里的自己。即使毫无梦想……

……

您说那件事啊……

值得纪念的事情太多了，我都忘了那些不愉快的事情了……

那个人……听说后来被抓住了吧？同窗这么些年，还是多少有点唏嘘。

……

那一天的事……我还真得好好想想……

黎智锋今晚没来是吧？

梁飞帆呢？也没来吗？他当时就在宿舍里面……

王施涛……那家伙来了吧……您跟他谈过了？

……

我想想从哪里说起啊……

从头说起吧……

那天,我从宿舍的床上醒来……

第七章　解梦

二〇一七年六月

（一）

张杰善从宿舍的床上醒来。

他睁开眼睛，环视了一遍这个居住了四年的地方。

今天将是他在这里的最后一天。待会儿八点的集体照拍摄结束之后，他就将从 G 大学毕业，踏上全新的人生旅途。

走在去往食堂的路上，回顾在 G 大学、在这座城市的四年，张杰善感到千言万语在心头。因为是要拍集体毕业照，校园里的人比平时要多，到处是毕业生的师弟师妹、亲戚朋友、家人情侣。几年前自己也是其中的一员，而今天自己是主角。

人多到连食堂的早餐都早早售罄了。

上午七点半未到，食堂居然卖光早餐了。真是前所未见。张杰善只好去校园便利店看看还有什么剩的，但果不其然，就连便利店里的早餐都空了，只剩下令人毫无食欲的馒头。

更不幸的是，张杰善发现自己又找不到手机了，是又落在宿舍里了呢，还是说人群中混杂着小偷，把他的手机给偷了？

这也不是什么奇怪的事。今天的校门对外开放。

不要说外人了,就连自己的班上,都有可能藏着一个盗窃惯犯。

张杰善开始回忆起那件宿舍连环失窃事件。

大概是从大二那年开始的吧,没记错的话,就是在大二开学那一次集体活动的时候,班上就有人的宿舍被盗了。之后每隔一段时间就会有不同的宿舍被盗,丢失的物品太多不算贵重,最贵的就是手提电脑这些电子产品。没有人知道小偷到底是校内还是校外人员,小偷像个老手一样,每次都能挑中没有人在的宿舍下手,而且不是强行破门而入,门锁上一直没有见到破坏的痕迹。

就好像有一把万能钥匙,畅通无阻。

这个谜直到上个月才解开。旁边N大学最近时而发生电动车、名牌自行车被盗的事件,后来民警蹲点了好些天,终于抓获了一个规模不小的团伙。而后又顺藤摸瓜查到了离N大学不远处的一间锁铺,发现一直是铺主给他们提供便携开锁工具、万能钥匙,等等。随后在对铺主的审讯中,铺主透露有我们G大学的学生到他那里配过宿舍的万能钥匙,因为老牌大学的宿舍在门锁方面的安保水平是普遍较低的,所以要做一把这样的钥匙也不难,这恐怕就是宿舍连环闯空门的人手上的那一把了。时隔近三年,铺主也记不得那个学生的样子了,甚至是男是女都忘了。

偷东西的是学生。

听说这消息在学校管理层内部炸开了锅,每个学院、每个专业、每个班级,都被要求展开秘密调查,辅导员彭老师最近老是不见踪影,可能就是这个原因。

身边的人可能是一个盗窃惯犯，这样的阴霾前段时间一直笼罩在 G 大学师生的头上。

然后，就在两个星期前，又发生了一起闯空门事件。不过这次在现场发现了一样物品，被盗宿舍的四个人都说不是自己的东西，那么就只能是小偷留下来的了。

那是一个企业的宣传徽章。

本来是一个再普通不过的物品，却在我们班里引起了轩然大波。因为这家企业前不久刚来我们学校做过招聘宣讲，而且是学院为了解决我们班那些未就业学生的就业难题邀请来的。当时去的学生不多，基本上都是被要求参加而不得不去的学生。

徽章就是在那时发的。也就是说，这个很有可能指向连环失窃事件真凶的徽章的所有者，就在我们班上。一个徽章自然不可能成为什么证据，但是在临近毕业的这种时候，大家对这个话题都是尽量避而不谈，好像只要谁都不说，就没有人会是那个小偷。

当然，这是最好的。从两周前的案件到今天最后的毕业日，小偷也心照不宣地停止了犯案。只要今天不出问题，大家就能顺利从这个学校毕业离开。

饥饿感把张杰善拉回到了现实中。馒头就馒头，找个人帮忙付钱吃了再算。

"杰善？"身后传来室友黎智锋的声音。

张杰善像见到了救星般跟他说了找不到手机的事。

"要不打个电话看看？如果真丢了，别人在学校里捡到应该会归还吧？如果在宿舍，梁飞帆应该会接的。"黎智锋建议说。

"他睡之前不是吃安眠药了吗？"

张杰善想起梁飞帆回到宿舍的时候说自己太累了，吃了安眠药就睡了。可能这就是所谓的毕业后焦虑吧,梁飞帆已经在外实习一个多月了,每天晚上回来都说原来工作的压力这么大,有好几个晚上失眠睡不着。他原本想说算了吧,就不要打扰梁飞帆休息了,但黎智锋已经拨了电话。

"那家伙真的不打算拍毕业照了吗?"他边打手机边说。

"应该不去了吧。这也正常,不少人都没去拍呢。"张杰善说。

"其实也没什么好拍的,对吧。像这种无聊的仪式,也就那些自以为成功的人才喜欢。"

张杰善知道黎智锋在含沙射影,所谓成功的人,大概就是指另一个室友王施涛了吧。黎智锋这学期的考研没有成功,而王施涛在上学期成功保研。

"王施涛也不去是吧?"黎智锋唠叨着说。

"毕业照吗?他说不去,要回实验室做实验。"张杰善今早跟王施涛一起出的门。

"这就是研究生的生活吗?比梁飞帆还累呢。"

"他好像上学期开始就进实验室了,说想早点做完实验,准备以后的选派生考试。"

选派生属于公务员体系里的一种,相当于公务员的校招,无论是起点还是日后的晋升前途都比一般的公务员要好上不少。去年是G大学所在地区第一年招考,听说特别严格。

"那个公务员考试?这家伙想得真远呢,研究生能毕业再说吧。不过听说这个还挺不错的?要不我也考来试试看……"

"你就拉倒吧,你以前还挂过科呢,公务员都有背景审查的,好像是叫什么政审?这会比普通公务员的更加严格,我了解过,要把你的亲戚、邻居、学校老师、同学、室友等所有身边人都问个遍，什么都瞒不住的。而且啊，人家招聘条件是要求研究生起步的，你就别想了。"

"喊，那家伙真的是把每一步都想好了。"黎智锋不屑地说。

"是个'刚刚好'就行的完美主义者。"张杰善也笑了笑。

"你昨晚没充钱吧？"黎智锋又问。

"宿舍的吗？"

"对。"

"没有啊，你不是说不用充了吗，还真的就刚刚好。还害我……"

"好啦，刚刚好嘛。不就满足那家伙'刚刚好'的癖好嘛。"

"算了，反正就王施涛一个人继续待在宿舍吧，估计他暑假都会留在学校和实验室。"

"电话被挂了。"黎智锋突然说。

"把梁飞帆吵醒了吧？"张杰善皱了皱眉。

"大概是吧。"

"算了，去拍照吧，到点了。"

张杰善到了现场，才知道确实有好几个人都没有来拍照。张杰善其实不认同黎智锋的说法，同窗四年，留个纪念总是要的。

他顺着摄影师的招呼，把嘴咧得大大的，露出最灿烂的笑容。

"你牙缝里有青菜。"

站在前排的丁甲在东张西望。

丁甲拿手机给张杰善拍了下，门牙缝处的确塞了一片青菜叶。他尴尬地笑了，笑得比刚才还灿烂。

班长杨雪枚和素拓委员劳爱勤两位班干部站在最前面一排

正中间，宣传委员周子懿站在她们俩后面一排的中间，摆出方形相框的手势。仅有的这三名班干部紧紧地靠在中间。

张骄任在吆喝着他的朋友给抓拍他待会儿飞学位帽的瞬间。

劳水飞侬偎在陈玥身边。

丁甲还在四处张望，不断地打招呼。

温究一看着他暗恋许久的叶芸。

两侧站着周主任、邓主任、董老师、图老师、刘老师、彭老师和兼辅小于老师。

四年间的点点滴滴在眼前掠过。

拍高中毕业照时，张杰善的眼前只出现过无穷无尽、堆积如山的考试卷子。

现在，张杰善好像才看到自己的青春划了过去。

果然，青春是过去了才会知道它来过的东西吗？

张杰善望向这个熟悉的校园。今早的太阳不算猛烈，还不断吹来阵阵东风，一扫昨日的闷热。四年来，他们骂过这个破破烂烂的校园，一边走一边骂怎么不断在施工的道路，一直喷四年都没有进过一次、总是在装修的图书馆，吐槽为什么到毕业了才给宿舍装上空调……

张杰善笑得更灿烂了，就连眼角都泛出了璀璨的泪花。

而在另一厢，张杰善的宿舍里，室友梁飞帆从睡梦中醒了过来。他下了床，迷迷糊糊来到宿舍门前，发现门打不开了，他以为门锁跟以前一样卡死了。宿舍很闷热，通往阳台的门关着，隐约能听到阳台外厕所和洗澡房里排气扇转动的嗡嗡声。

定睛再看，宿舍似乎被翻过一遍。

没错，就像被那个闯空门的惯犯光顾过一样。

(二)

"还没找到彭冬晴吗？"邓芳邓主任大声说道。

办公室的小会议室内，众人围在一起讨论今天上午发生的宿舍失窃事件。

被盗的男生宿舍住了四个毕业生，分别是梁飞帆、张杰善、黎智锋和前任班长王施涛。案发时只有梁飞帆一个人在宿舍睡觉，他醒来之后想外出，但发现门打不开了。宿舍的门已经很破旧了，一旦用钥匙上锁就容易卡死，导致门打不开，所以平时大家基本上都不会锁门，但偶尔也有锁上门出去的时候。迷迷糊糊的他掏出自己的钥匙想要开门，但怎么捅都捅不进钥匙孔，仔细一看，锁孔里有半截断了的钥匙。当时，宿舍的空调是关着的，通往阳台的门也是关着的，阳台外有一个厕所，里面的排气扇开着。出不去宿舍的他清醒过来，并意识到宿舍进了小偷，但小偷已经无影无踪了。

时隔近两个星期，那个闯空门的惯犯再次出动。这是多数人的第一印象。

当然，跟之前的盗窃案相比，这次有些不同。

第一点，之前的盗窃案都是发生在无人的宿舍，这次难道是小偷入室的时候没有发现梁飞帆吗？这也是有可能的，因为梁飞帆整个人都裹在被窝里，床位也靠近阳台而非宿舍门边。而且据说他服了安眠药，睡得特别沉，所以小偷进门时没有注意到也能解释得通。

还有一点，就是锁孔里断了半截钥匙。宿舍四个人的钥匙都在，说明锁孔里的那截钥匙是属于小偷的，而且很有可能就是那把万能钥匙。小偷此前使用这把钥匙在其他宿舍畅通无阻，这次是不是栽在了这道容易卡死的门上？也有一种猜测是，小偷作案时一定习惯先把门锁上，或许进来后才发现有人在睡觉，准备放弃，离开的时候又发现门锁坏了，打不开，所以想插入万能钥匙试试看，没想到就连万能钥匙都卡断在里面了。

奇怪的还不止于此，当事人梁飞帆给出了更加怪异的证词。

他说醒来前，自己好像在做梦，而且记得非常清晰。他先是感到有一种虚无的东西出现，然后突然就像烟雾一样消失了，更奇怪的是他能解释这个消失的怪象。他认为那个东西跟他所处的世界不是同一个维度，就像是三维空间的东西投影在他所处的二维平面上，所以二维的他能感知到。但当那个三维的东西离开他所处的二维平面后，在他看来那个东西就是消失了。

这就是他描述的梦境。

"那个荒诞的梦我们不用理会。"

首先发表意见的是人事秘书图老师。

"我们还是要关注现场。宿舍的门是卡着锁死的，锁孔里插了断钥匙，屡试不爽的小偷这次眼见就要落网了。他当然不会像什么烟雾一样消失，那么他逃走的唯一方式就是从阳台离开，逃往别的宿舍。事发的宿舍虽然在6楼，但外面有大树挡住视线，往外爬既不会因为高度害怕，也不用担心被人看到。大家想想看，小偷没有了万能钥匙，绝对不会无故逃向一间无法开门的宿舍，所以小偷最终逃向哪间宿舍，哪间就有可能是小偷住的宿舍。"

图老师拿出纸笔，画了一幅简图。

"你们看，往上爬是不难做到的，因为最近不是新装了空调嘛，只要抓住空调外机，就像做引体向上那样，很容易就能够到7楼的栏杆，爬进上层的宿舍。往上爬是7楼，是教师宿

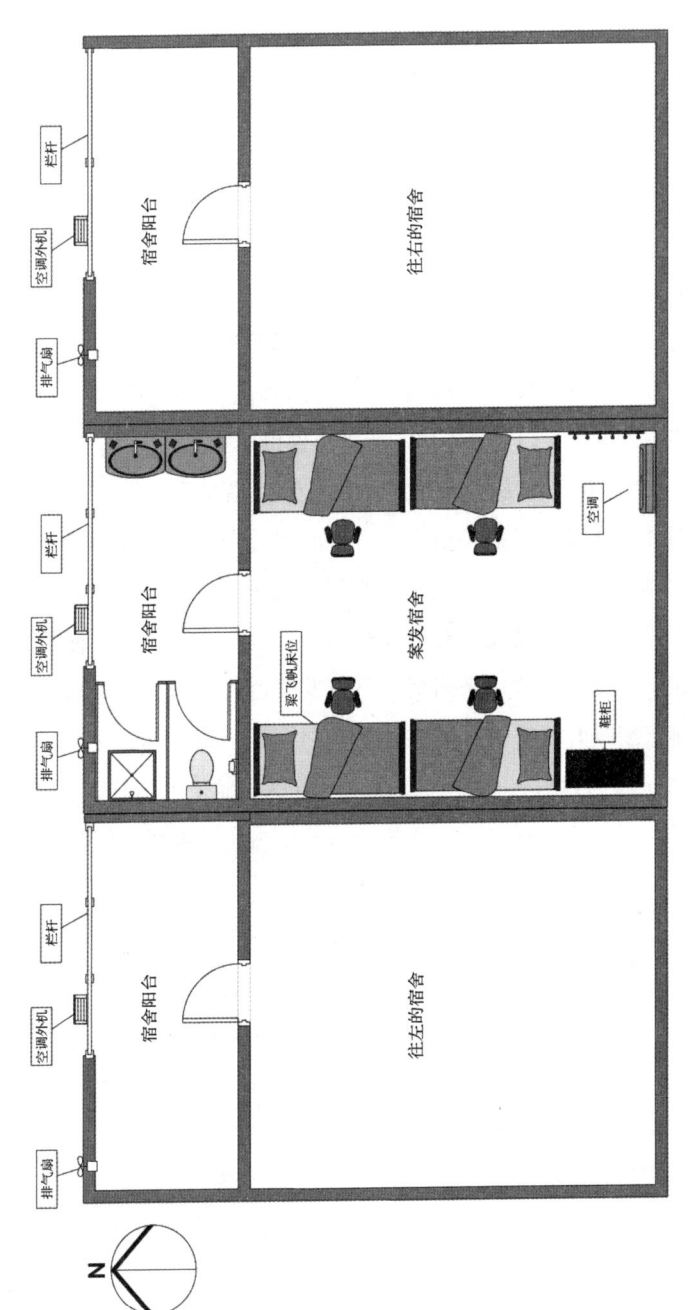

图九

舍层，基本上都是辅导员们在住。但那一排宿舍因为是朝北向，所以没有老师选，只有晚入职的彭老师选了。虽然彭老师的宿舍恰恰就在事发宿舍的上层，但彭老师不可能作案，所以小偷不可能往上爬。

"往下是5楼，如果有空调外机的话，是可以顺着栏杆踩在上面，然后翻进下层的宿舍。但5楼全是预留给新生的宿舍，因为还没有人住，所以没有装空调，也就没有空调外机了。即使小偷冒着没有落脚点的风险下到5楼的宿舍，他也会因为没有万能钥匙开不了门而逃不掉。所以小偷也不可能往下爬。

"然后是水平方向的往左和往右爬，也是不难做到的，只要抓住厕所排气扇的预留孔位，就能爬过去。抓住事发宿舍厕所的排气扇孔，就能往左爬到西侧的宿舍。同理，抓住右边宿舍的排气扇孔，就能往右爬到东侧的宿舍，而往右就只有尽头的这一间宿舍。我们来回忆一下事发宿舍的现场情况，其厕所的排气扇是开着的，开关在宿舍内，小偷不可能先关上排气扇，爬到左边宿舍后再把排气扇打开，所以小偷是无法往左爬的。也就是说，小偷最终逃往的是右边的宿舍，那间宿舍的学生就是这一系列闯空门事件的真凶。"

"如果他不只是往上爬了一层到彭老师的宿舍，而是爬了两层，直接爬到天台离开呢？"刘老师提出疑问。

"从天台下来不难，直接落到彭老师宿舍的空调外机上就行了。但彭老师的宿舍上面没有空调外机这样的抓手，想反过来往上爬到天台，是很难的。"图老师解释道。

邓芳看了看她画的图，确实是这么一个道理。

"你们真的信了图图说的？"教务员董老师突然笑道。

"哦？不然呢？"图老师一脸被挑衅了的样子。

"你的推理真是漏洞百出哦。首先你直接排除了往上的可能性，只是单单因为相信没有出现在这里的彭冬晴？不应该因为他是老师就被排除嫌疑。而且还有一点，你没有证实右边宿舍的排气扇是否开着。以下我来证明，我的切入点就是梁飞帆的梦。"

"哈？你是要解梦吗？"

"正是。不过我想说的是，梦境的由来可不仅仅是现实，由梦境来推导现实，在一般情况下是不可能的。"董老师又说。

"那你又在说什么梦话？"

"你先听我说完。梦的来源一般分为三种。第一种来源是人的主观情感，有道是日有所思，夜有所梦，人脑可以幻想到的任何东西，都有可能成为梦境。而且大脑还会进一步加工，梦境就会变得更加抽象，这种情况下想要由梦境逆推现实，显然是不可能的。

"第二种来源是客观环境。人类要感知客观环境，无非就是通过几种感觉，视觉、听觉、嗅觉、触觉，等等，即使是在没有任何意识的情况下，通过这几种感觉通道感知到的客观环境变化都有可能成为梦境。在这种情况下，是可能实现由梦境逆推现实的。

"第三种来源是人的内脏器官。像有时候睡前喝了太多的水，膀胱肿胀的时候，有可能梦见自己上厕所的画面。这种情况想要由梦境逆推现实，可谓是不难也不易。

"但大家别忘了，梁飞帆睡前吃下了不少安眠药，因为安眠药的作用，第一种和第三种情况被抑制了，正常情况下，如果外部环境没有什么变化，那么梁飞帆理应不会做梦。也就是说，梁飞帆的梦境，是完全由第二种情况引发的，即梁飞帆的梦境，一定对应着现实中发生的某件事！"

董老师说完看了看无人反驳的大家，接着说："这样的对应是很明显的。比如说梁飞帆梦境里提到的'消失'，对应的就是小偷从阳台逃离；又比如说梦境里他提出的维度升高，对应的是原本关着的阳台门，跟墙体是一个平面，然后小偷打开阳台门，平面变得立体了，也就从二维升到了三维。"

大家听后面面相觑。

不一会儿刘老师发问："然后呢？这不跟图老师说的一样吗？"

"大家还忽略了一个梦境细节哦。"董老师竖起一根手指，继续说道，"人的消失有很多种方式，就像我们做PPT时设置的效果一样，但为什么梁飞帆的梦境里会特地提到'烟雾'呢？这说明'烟雾'也是一种现实。在睡梦中，梁飞帆通过嗅觉闻到了烟味，感知到烟雾的存在。宿舍不会无端产生烟雾，结合最近有不少学生躲在厕所里抽烟，烟味应该是从外面飘进来的。那么是从哪里、哪个宿舍飘过来的呢？今天上午吹的是东风，只要看一下毕业照上旗帜的摆向就能知道。那么如果烟味来自位于事发宿舍西侧的左边宿舍，烟味就只会顺着东风飘向西边，不可能飘进东边的事发宿舍。也就是说，烟味是来自事发宿舍东侧的右边宿舍，事发时那间宿舍有学生躲在厕所里吸烟并且打开了排气扇。这样的话，小偷自然就没法往右爬进右边的宿舍了。小偷在那样的紧急环境下应该不会还有心情躲入厕所吸烟吧，这证明在右边宿舍吸烟的另有其人，再一次印证小偷不可能从右边的宿舍逃走。"

"两边的排气扇都开着，那么小偷就无法从左边或者右边离开了。你的意思是……"

"对！"董老师再次竖起手指，"小偷就是住在楼上7楼的彭冬晴，他就是这一系列闯空门事件的真凶！其实仔细想想也能知道，有什么人出现在不同的学生宿舍而不怕被人怀疑的？就只有辅导员了吧。他就是这样利用自己辅导员的身份，犯下了这一系列的盗窃案。两个星期前的上一起盗窃案中，那个遗落在现场的徽章，除了参加的学生会有，带队参加的辅导员也可能会有吧？我们恰恰是中了这样的盲点，误会了学生们。大家还记得吗？今早拍集体毕业照之前，还能看到彭冬晴在学生队伍中走来走去地张罗，但8点拍完照后，他就不见了。其实就是趁着学生都不在宿舍，再次作案去了。"

众人哑口无言。

一人除外。

"我看也未必吧。"

发声的正是被学生邀请回来拍毕业照的前任辅导员温馨羽。

"我没记错的话，这一系列盗窃案的最初一案，是发生在这个班级大二开学的那天吧。因为那天我刚好带学生到旁边的N大学搞集体活动，回来就听说发生了宿舍盗窃案，所以印象深刻。那个时候，彭老师还在N大学读研究生，还没毕业呢，你是说他从那个时候就开始跑到这边来犯案了吗？"温馨羽回应道。

"你就非得跟我唱反调吗？"董老师剑拔弩张地说。

"那好，我就从你解梦的角度来推翻你的解梦。梁飞帆的梦境主要有烟雾、消失和维度升高这三个要素，对吧？我们暂且认可董老师所说的关于烟雾和升维这两个对应的解释，但问题是消失，董老师的解释有点牵强，甚至是不对的。"

"哦？有什么问题呢？"

"按照你的理论，所有现实的场景都只能通过人的各种感官反馈到梦境里,你认为梦境里的'消失'对应的是'小偷从阳台离开宿舍'的现实,但睡眠状态下人是没有视觉的,梁飞帆是不可能看到小偷离开的,这就是我说你'不对'的点。还有一点'牵强'的,就是为什么梁飞帆会觉得是消失呢?小偷从阳台走了出去,离开宿舍,这是一个过程,更应该叫作'离开''不见'之类,而'消失'则更倾向于突然的瞬间变化。梁飞帆的描述里,他其实并不是说'有人消失了',而是'某种东西消失',只不过我们先入为主把'某种东西'认定为'小偷'了。'消失'这个梦境,对应的不是小偷从阳台离开的过程,而是别的东西突然消失的瞬间。"

"那是什么东西?"刘老师问。

"梦里不是告诉我们了吗?是'烟雾'呀。"温馨羽笑了笑。

"烟雾不是指其他宿舍有人在吸烟吗?"刘老师又问。董老师则是沉默不语。

"宿舍没有开空调,烟味可是不会突然消失的。我问过同一宿舍里的张杰善和黎志锋两个人,他们俩今早在拍毕业照前有过这么一个插曲。张杰善在便利店发现自己的手机可能落在宿舍里了,于是黎志锋帮他打了个电话,但电话被挂断了。最后张杰善确实在宿舍里找回了自己的手机。问题来了,你们知道,张杰善的电话铃声是什么吗?"

"啊?谁知道这种事情……"刘老师和图老师都是一脸蒙。

"我知道你想说什么了。"董老师想起上学期末在会议室里跟张杰善和王施涛讨论陈玥跳楼未遂一事时,张杰善的手机曾经响过。经温馨羽这么一提,他又想起那首曲子来了。

"是张杰善喜欢的一个女团的成名曲,叫作《从你的世界里消失》。张杰善把这首歌的副歌部分设为了铃声,大家听——"

说完温馨羽掏出手机，按下了播放键，众人听后都露出了惊讶的表情。

"你就像一阵烟雾——消失在我的——世界里——"

"看来大家都懂了吧。不仅是'消失'，就连'烟雾'都解释了，这两个梦境对应的现实正是——这首歌词带有'烟雾'和'消失'等字眼的铃声因为手机被挂断而骤然停止。'烟雾'并不是通过嗅觉被梁飞帆感知到的，而是听觉。"

温馨羽看了下大家的反应，接着说道：

"接下来我们要思考的是，那手机是被谁挂断的呢？自然不可能是还在熟睡的梁飞帆，那么就只能是在现场作案的人了。黎志锋拨打手机是在拍毕业照之前，当时辅导员彭老师还在毕业照拍摄场地跟大家在一起吧，所以彭老师不可能是小偷。由宿舍排气扇排除了往左的宿舍，那就只剩下往右爬的那一间宿舍了。邓主任，我想趁现在学生还没有完全离校，尽快去搜查一下，应该会有线索。"

邓芳没有回应，只是让大家先暂时不要外传，让她再想想。

"辅导员之间的惺惺相惜，哼？"

待邓主任离开后，董老师对温馨羽来了一句。

温馨羽笑了笑，没有理会。

（三）

如果可以的话，邓芳希望真相停留在董老师所说的话里。

如果是老师、教职工有问题，那内部处理就行。

但如果是学生出现这样的犯罪问题，那就涉及各种追责和舆论影响了。

非得选一个的话,她希望是前者,但当着办公室其他人的面可不可能这样说。

正在烦恼之际,她又收到一条匿名信息,约她傍晚到校园里湖心公园的亭子,说是有关于连环闯空门案的线索。

犹豫一番,她决定赴约前往。按照约定的时间,她来到亭子里,刚坐下,就听到转角处传来男生的声音。

"不要过来,要不然我立马就走。"

她本想看看到底来者何人,但对方的话让她又坐了下来。

"你不用回忆我的声音,我们没有说过话,你绝对认不出来的。"

男生说得没错。邓芳对这个声音是完全陌生的。

"你叫我来,想说什么?"邓芳问道。

"我不是说了嘛,是闯空门连环案的事。"男生说道。

"这么鬼鬼祟祟的,你就是小偷?"

"当然不是,我连面都不想露,就说明我并不是那种喜欢把私事告诉别人的人。"男生笑了。

"那意思是你知道小偷是谁咯?你又是怎么知道的呢?"

"只需要稍微动动脑筋就知道了。"

"那你为什么要告诉我?"

"我跟班上那个喜欢问问题的推理小说死宅丁甲不同,我讨厌问题。我不想带着这样的问题毕业。"

是班上的学生吗?丁甲好像是某个学生社团的社长?邓芳不断在脑中回忆。

"老师,我认为案发宿舍的现场有两个疑点。"

"什么疑点?"

"小偷之前的作案都是挑选无人的宿舍,而且两年来从来没有失过手，但这次犯案却到处是破绽。第一个是当时在睡觉的梁飞帆。梁飞帆总不可能穿着鞋子睡觉吧？他的鞋子要么放在门口，要么就放在宿舍中间，毕业季大家的行李都收拾得差不多了，对于闯空门进来的小偷来说，这样一双鞋子应该是一眼就可以看到的，很容易就能想到还有人在宿舍。"

邓芳想了想，的确是这样。

"另一个疑点是锁孔里的断钥匙。即使小偷是迫于门锁坏了的无奈，可他真的至于在锁孔里把万能钥匙拧断吗？对于一个身经百战——啊不，屡次犯案的惯犯来说，这点小意外能令他大乱阵脚吗？而且我想，从阳台爬栏杆离开也在他的逃跑备选计划之中。这两个疑点，说明了一个事实。"

"什么事实？"

"那就是小偷并不是从门进来的。他并不是你们想象中那样，从门进来后因发现门开不了又从阳台爬栏杆逃走的，而是反过来，小偷就是从阳台爬栏杆进来的。"

邓芳感到一丝惊讶，他们白天确实没有想到这种可能。

"而且你们一开始就错了，仅仅因为案发宿舍的排气扇开着，就自始至终都否定左边宿舍作为逃跑通道的可能性。"男生接着说。

"为什么？排气扇开着的话，就没地方抓手了。"

"只要在爬的时候排气扇是关着的不就可以了吗？"

"你是指小偷爬过去后再把排气扇打开吗？这是没法做到的。"

"这当然是没法做到的。但有一种可能性，不用小偷来打开，排气扇也会自动开启。"

"怎么可能？"

"有一种天然的，就连小偷自己可能都没有想到的方法。老师，如果你拿出今早的毕业照，放大来看，你就会看到张杰善的牙缝里有一片明显的青菜叶子。"

"这跟排气扇开关有什么关系呢？"

"老师，太着急的话，就没法摸索到真相了哦。我们要思考的，是张杰善的牙缝里为什么会有这么一片青菜叶子。第一时间我们会想到这是他今天吃早餐的时候沾上去的。但我问过他，他说上午因为拍毕业照来了很多人，食堂和便利店的早餐都卖光了，他只吃了点便利店剩下的馒头，所以青菜叶子不会是今天早餐的残渣。既然不是早餐，那就是昨天的晚饭或者消夜了。嘴里还留着昨天的残渣，那就说明他昨晚和今早都没有刷牙。一般来说，即使晚上不刷牙，第二天早晨也会刷吧？何况今天还要拍集体毕业照。那就只有一种可能性，就是他不是不想刷牙，而是没办法刷牙。老师，你还没想到为什么吗？"

"是停水了吗……"

"太好了，老师明白过来了。我早上遇到了正在买早餐的张杰善和黎智锋，他们在说充钱的事。今天多数人拍完毕业照后就会退宿离校，我猜黎智锋在上一次宿舍水费充值的时候算准了，刚刚好能用到今天。不，甚至是到昨晚就用完了，所以张杰善昨晚也没能刷牙。黎智锋考研失败，看着同宿舍成功保研的王施涛应该很不爽吧，所以他宁愿自己少用一晚水，都不会给王施涛多留。既然水费都算得这么清楚了，电费自然也是一样。所以昨晚开始，案发宿舍就处于停水停电的状态，排气扇即使是打开的，也会因为停电而无法运转。今早王施涛没有去拍毕业照，想必是去充值了吧。电费一到，排气扇就会自动开启。所以，单凭排气扇开着，就排除小偷往左爬的可能性，老师，你们的推理从一开始就是错的。再想通过排除法讨论往上还是往右，就都没有意义了。"

"那你的推理是？"

"老师，只要反过来想想就知道了。为什么小偷会选择从阳台进入，而不是从门进入？明明他手上有万能钥匙，两个星期前还用着呢，却要冒着一定的风险从阳台进入？原因很简单，那就是今天的小偷，跟之前一系列闯空门事件的'犯人'，不是同一个人！这个'新'小偷并没有万能钥匙，只能通过阳台进出。这个他会是单纯的模仿犯吗？也不排除这个可能。又或者说他是为了逼出真凶，告诉他'你的惯犯名头已经被我抢走了'而故意模仿犯罪？也有这个可能。抑或他只是想完成顺风车犯罪，把罪责扣到原来那个小偷的头上？都是有可能的。反正他做的这一切，包括把假钥匙插进门锁中去，就是为了让大家误以为，小偷是从宿舍门进来，从阳台离开的。"

"真的是这样吗……"邓芳若有所思。

"对啊，老师，真的是这样吗？"男生的声调变了。

"什么？"

"我说，老师，小偷即使能成功误导我们，但还是改变不了他从阳台来就得从阳台离开的事实，因为他手上没有真正的万能钥匙啊。只要是从阳台离开，即使只是模仿犯罪，也一样存在被推理出来的风险。所以他把假钥匙插入门锁中，并不是单纯为了制造他是从门进入然后从阳台离开的假象，而是出于更加直接的原因——破坏门锁。"

"破坏门锁？你是说这才是他的真正动机？"

"没错，更准确地说，小偷破坏门锁，是为了不让醒来的梁飞帆离开宿舍，从而让他成为失窃案的第一目击者。如果门锁没有被破坏的话，梁飞帆醒来之后，迷迷糊糊之间可能不会察觉到宿舍被盗就出了门，那么小偷所做的一切就白费了。之所以要这样做，大概率是为了对应真凶的不在场证明，如果梁飞帆迟迟没有发现宿舍被盗，那么就有可能反过来加固了真凶的不在场证明。这就是小偷不惜破坏门锁都要困住梁飞帆的原因。这样破坏门锁的方法，从内从外都能做到，只要最后一个离开宿舍就行。既知道门锁易坏，又知道宿舍有人在睡觉的，就只能是宿舍内部的人了吧。考虑到还能及时假装不经意叫醒梁飞帆的，就只有说忘带手机的张杰善和提议打电话找手机的黎智锋两个人了吧。小偷当时并不在宿舍内，那么就不可能有人挂掉张杰善的手机来电，也就是说黎智锋在撒谎。小偷就是黎智锋。"

"原来是这样……"

"不过，老师……"

"嗯？"邓芳多少已经猜到男生想说什么。

"真的是这样吗？"

"别转弯抹角了，快点说。"

"还差一点……刚刚的推理完全没法解释梁飞帆的梦境啊！老师，你知道吗，梦境的由来……"

男生又几乎把董老师的梦境理论和温馨羽的后续推理重复了一遍。

邓芳现在知道哪里不对劲了。男生好像完全知道了她们白天在会议室讨论的内容。这绝对不是偷听得来的。

"即使铃声可以解释烟雾和消失的梦境，但升维要怎么解释呢？刚刚我的推理中，小偷根本不在宿舍，那么自然也没有从宿舍离开过。通往阳台的门最后是关着的，但我们知道昨晚停电了,这也能解释为什么空调是关着的,因为即使来电了,空调也不会像排气扇那样因为开关打开了而自动打开。既然如此,昨天那么闷热的天气,宿舍肯定是开着阳台门的,那么门最后是怎么关上的?如果小偷来过宿舍,那就是小偷把阳台门关上,即门是从开着变成关着的过程,即从立体变成平面,应该是降维。既然没办法解释升维的问题,我们就要考虑一个问题了——这样的梦境真的是梁飞帆仅在第二种情况即感官影响下产生的吗?自然是做不到的。那唯一的解释,就是当时梁飞帆已经醒了,升维的梦境是来自视觉!铃声吵醒了梁飞帆,令他的视觉有所恢复,此时安眠药令梁飞帆处于半醒半睡的状态,这是个掺杂着现实的梦境!但是这时候不存在阳台门突然打开的情况,小偷也不会做出不断开关门这样的大动作,那么升维到底是什么呢?"

男生故意停顿了一下,可能是在观察邓芳是否还待在原地。

"老师,跟前面的烟雾对应的是铃声一样,升维也是对应着更加直观的东西!而且是人类最直接的感觉——视觉!没错,就是'升'这个字本身。也就是说真正的小偷,最后是往上爬升离开的!阳台的门没有关,他从阳台进入宿舍,完成伪装的盗窃后,就关上了阳台门,往上爬升离开。小偷上升的一幕正好被梁飞帆目睹,形成了梁飞帆梦境里最后的升维一幕。案发宿舍往上的宿舍,那就是……"

就是辅导员彭冬晴的宿舍。

"是你们的辅导员吗?"邓芳问。

但这次迟迟没有得到回应。

邓芳迅速地起身,跑到转角,发现男生已经不在了。肯定是办公室有人把白天的讨论内容透露给了这个男生,但男生最后的推理结果，却出乎意料地符合邓芳内心的想法。

就让辅导员彭冬晴来承担吧。多亏了这个男生，现在她也有了足够的理由。

就先不管男生是谁了吧。

现在先回办公室把男生刚才说的整理一下，接着就可以汇报给上一级领导。

待确认邓芳离开之后，男生从一个隐蔽的角落里走了出来。他并没有跟着离开，而是对着前方一个同样隐蔽的角落喊道："你也不要躲了。"

听到男生的喊话，对面角落里冒出一对闪烁着异样光芒的眼睛。

"现在轮到你来回答了。"男生问道，"你爬进辅导员宿舍的时候，看见的到底是辅导员呢，还是教务员？"

现在，婚礼上
刚才坐在副主席台的某人

(一)

他翻开笔记本，看了看手机。

跟那个人约好的时间快到了。如果那个人来赴约的话。

一定会来的。他坚信。

只要跟那个人说，他会说出几年前那起学生宿舍连环闯空门盗窃案的真相，那个人就一定会来。

那个人，正是因为那起连环案丢了工作，被学校解雇了。听说还记录进了档案中，导致这几年来一直找不到稳定的工作，生活过得是相当落魄。

"彭老师！"

在约好的地方，酒店外延伸的露天平台上，他见到了想见的人。

"啊……好久不见……"彭冬晴说话间完全没有了当年的朝气。

八年过后，当初那个正要步入自己精心计划的风光如意的职业生涯的新老师、新教师，如今已是憔悴不已的中年人。

好久不见……

"是呢，您过得还好吗？"他回应道。

"呃……不怎么样……"对方低着头，尴尬地笑了。

如今轮到他把头抬得高高的了。

他回想起两人初次见面的时候。

"喂！同学，帮忙捡一下球！"

他就是这样对着初次见到的彭冬晴喊道。

"小于——啊不，和义……你过得挺好的吧……"

上一次见面的时候，他还只是一个学生，还只是彭冬晴的兼职辅导员。

"挺不错的。"

他——于和义实话实说。

现在，他正要给彭冬晴最后一击。

(二)

"你提到的六年前的闯空门盗窃案……"

"果然，彭老师还是很在乎这件事嘛。"

"也不是……"

彭冬晴越难堪，于和义越是满足。

"不用装了。你我都很清楚。你因为这件事被学校开除了，想必找工作，不，像找对象什么的都很艰难吧。别放在心上，不会开不起这样的玩笑吧，老师？"于和义愈加不客气。

"六年前的事……"彭冬晴又提起。

"彭老师你也不冤啊，你宿舍里的那些东西你要怎么解释嘛。"于和义继续实话实说。

当年邓芳主任向上级汇报后，校方连夜搜查了彭冬晴在7楼的宿舍，确实搜刮出不少他无法解释的财物，于是学校马上对他做了极为严肃的处理。

"那不是我做的。"这么多年来,彭冬晴一直重复着这句话。

"你说的可不算数。"于和义说完,轻笑着看了彭冬晴一眼。

这种道理对方绝对也明白。

"但学生说的也有用。"于和义又这样说。

"你什么意思?"彭冬晴已经知道来者不善,情绪也起来了。

"当年案发那天拍毕业照,在集体大合照后,只要有一个学生站出来说'我当时在跟辅导员彭老师一起拍照',或者能给出任何一张有你彭冬晴的合影,都能证明你那天并没有去过学生宿舍。哪怕有一个都行。但是啊,彭老师,似乎连一个找你合影的学生都没有,是吗?"

彭冬晴又回忆起六年前那个上午。

拍完集体照,学生们纷纷从铁架上下来,有和亲友聚在一起拍照的,有同学间聚在一起拍照的,有找院长、班主任拍照的,唯独,没有学生来找他合影。

他已经忘记当时自己尴尬地站在一旁等了多久。

直到收到那条让他出去的信息。发信人依然是个匿名者,让他到一处偏僻的地方,说有关于连环闯空门盗窃案的情报要告知。两个星期前再次发生的盗窃案令自己班上的学生蒙上了盗窃嫌疑人的罪名,作为辅导员他自然是难辞其咎,而且有可能影响自己转岗的考核评价。不管是谁干的,把这人揪出来是这两个星期以来一直压在彭冬晴心头的大石。

只不过,他没有料到这是个骗局。

他在约定的地点等了对方许久,对方都没有露面。直到晚上领导带着保卫处的人上来搜查宿舍,他才知道这完全是个圈套。宿舍里多出的那些财物,他根本不知道怎么解释。匿名者发的信息都被撤回去了,他百口莫辩。

于和义说得对,如果当时有任何一个学生过来找自己合影,可能结果都会不一样。

但事实上一个都没有。

即使现场找不到辅导员,也没有一个学生给他发信息求合影。

没有一个学生愿意跟辅导员留下一张大学青春的纪念照。

对于一个负责学生工作的辅导员来说,这是何等的失败。

对彭冬晴来说,在职业生涯至关重要的一刻,这是何等的致命。

没有一个学生向他伸出援手。

"老师,你就没有想过,学生是故意的吗?"

"什么?"

"一个找你拍照的学生都没有,这其实是全班心照不宣的事情。"于和义准备奉上最后一击。为此,他已经准备了一个晚上。

"打从一开始,就没有人信任你。"

彭冬晴只能惊愕地听着。

"第一件事。大三刚开学那会儿,劳爱勤在班会上丢了手机,她当时好像是素拓委员吧。后来时任新班长的杨雪枚和另一个女生是不是跟你说大二她们第一次在N大学的草坪上搞班集体活动时,劳爱勤因为带去的矿泉水派光了去买水喝的时候也丢过手机,是吗?"

顺着于和义的话,彭冬晴开始回忆二〇一五年九月的那件事。

——劳爱勤的手机已经不是第一次弄丢了,去年在旁边N大学出游的时候她就弄丢过一次……

——找钱包的时候不小心把手机弄出来了……

——劳爱勤是因为当时搬过去的水派完了,自己没水喝才想去买水的……

"第二件事。大三上学期末,你找那几个就业困难的学生谈话,当时有个叫易爽的学生跟你说,大二那次集团活动中,她全程都拉着前一任辅导员温馨羽在聊天,是吗?"

这次是二〇一六年一月的那件事。

——易爽净拉着当时的辅导员温老师在草坪上聊天,从开始到结束,一直缠着她……

"第三件事。宣传委员周子懿还记得吧?大三下学期开始时,他在跟你谈起自己做视频播主之前,帮大二那次草坪活动处理过一张图片。照片是素拓委员劳爱勤发上来的,他把照片中的辅导员老师抹掉了,对吧?"

这次到二〇一六年四月。

——当时她已经是我们班的素拓委员了嘛,中途她在我们几个班干部的 W 群组里发了一张图……

——幸亏都是单人,我完美地删掉了所有人……把辅导员老师也删掉了……

——不是您啦,您当时还不是我们辅导员……

"第四件事。大四上学期快结束时,学生陈玥差点跳楼,张杰善和王施涛曾经找你讨论,担任过班长的王施涛对你抱怨过为什么辞职不再做班长,是因为班长都在做一些很无聊的杂事。像大二那次活动时中途去拿了班旗借相机,还有最后喝剩的矿泉水都是他一个人搬走的,对吗?"

二〇一七年一月。

——老师,您知道导演是干吗的吗……

——我就是做那些没必要说出来但又必须有人去做的事的人……

——大二开学搞集体活动时让我中途去拿班旗借相机、最后那些没喝完的水都是我搬回来的……

于和义把这些往事都说了一遍。

他是怎么知道这些事情的？彭冬晴在想的这个问题，正是于和义今晚一晚都在做的准备。

"仔细想一想就能发现其中不对劲的地方。如果第一件事中杨雪枚和那个女生说的是实话，劳爱勤真的在大二那次活动中弄丢了手机，那么在第三件事中，劳爱勤又是怎么发照片到班干部群组的呢？也就是说，如果学生说的都是实话，那么第一件事跟第三件事是相互矛盾的。

"接下来是第三件事中，如果周子懿说的是实话，他把照片里的辅导员老师，即时任辅导员的温馨羽老师抹掉了，也就是说照片拍到了温馨羽的单人照。但在第二件事中，易爽说她从活动一开始就拉着辅导员温馨羽在聊天，一直到活动结束，那么温馨羽根本没有落单被拍到的机会。也就是说，第三件事跟第二件事是相互矛盾的。

"然后在大二那次活动中玩的分组游戏，分了不止两个组，你知道吧？那是个人数占优就容易获胜的游戏，所以最后有一组因为中途跑掉了一个参与者在闹，那天还搞到很晚。"

彭冬晴想起温馨羽跟他说过"其他几个组"，也就是说分了肯定不止两个组。

"素拓委员劳爱勤是组织者，没有参与游戏分组，周子懿因为脚受伤了没有参加，还有那个跟你问如何跟未来的自己对话的女生苏畅也没有参加，也就是说，全班38人，减掉这3个没参加的人，一共剩下35人来参与分组，按人数均分的话，分成5个组或者7个组都可以。只有一个组出现了中途有人离开的情况。但在第二件事和第四件事里，易爽和王施涛都说过自己在分组后就离开了，一个说是找辅导员聊天，一个说是去拿班旗和相机，所以他们两个人绝对只有一个没有参与分组，那就只剩34个人参与分组了，但这样是绝对分不成两个组以上的组别的。所以第二件事和第四件事之间也是相互矛盾的。

"最后，在第四件事中，王施涛提到还有喝剩的水，跟第一件事中女生说的'劳爱勤去买水喝是因为水派光了'是相互矛盾的。所以你发现了没，学生跟你说的这四件事之间，是相互矛盾的！如果只是一个学生说错了，还能解释；但不可能这几个学生同时说错了。那就只有一个可能，就是全班学生都没有、都不肯对你这个辅导员说实话。所以在最后拍毕业照那天，不管大家是有心串通或是无意而为，反正没有一个人找你合影，这都是对你的报复。"

"为什么要报复我……"彭冬晴用手捂着额头，表情有点痛苦。

"因为你，没有好好地对待、呵护学生们宝贵的大学青春。不想给你送教师节礼物的班干部费尽心机的举动，你却假装不知道、没看见，你并没有真心信任班干部，只想息事宁人，只把班干部当成你的下属；向你求助、希望帮忙寻找车主的女生，你并没有教导她关于报复和保护的真正含义，你只做冷处理，希望假装没有事情发生就能万事大吉；面对就业困难、对未来感到迷茫的学生，你没有给予适当的帮助，只会记录和汇报。作为学生成长的见证人和辅导员，面对学生对未来的困惑，你永远没有正面的答案传递给她们；为了出名而使用非常手段的学生,在你的不理睬不管教之下,进入社会后依然没法改掉走捷径的毛病,终究遭到社会、网络的暴力,这一切都源自你的纵容;对于没有才能却要一头往爱好里面冲的学生,你也没有教导,任凭他横冲直撞。在不谙世事的学生看来,老师是默许了自己的行为,他便白白浪费了时间追逐自己根本无能为力的事情上;你没有关心学生,只把学生的行为当作是无聊的问题,最终导致遇到情感问题的学生走上自杀的道路。你也没有真心地对待学生的情感问题,任由其自生自灭,学生的眼泪在你眼里根本不值一提;连续被盗事件中,你关心的根本不是学生丢失财物的心情,也不在意学生为什么做出违法犯罪之事,你关心的永远只有自己的前途。一次又一次地令学生受到伤害,本应用来呵护学生大学青春的时间,你却只把它当作升迁的跳板,这就是学生对你糟蹋了他们校园青春的报复!"

一口气当着彭冬晴的面说完这些,于和义感到前所未有的痛快。这样的场景,他已经在脑海里演练了许多年。看着面前痛苦不已的彭冬晴,这就足够了,于和义心满意足地抛下眼前落泪悔恨中的人,默默地离开了露天平台。

彭冬晴无奈地强撑着身体,尽量不让自己倒下。比起这些年来的不顺,这些悠久的怨恨更为可怕和伤人。被辜负的青春,怨气全部撒在他一个人身上。

"老师……"这时,角落里冒出一张男人的脸,上面这对眼睛从婚礼开始前,就已经盯着于和义许久了,现在他来到了彭冬晴的身边。

刚才于和义和彭冬晴的对话,也让这个从角落里冒出来的男人回想起六年前拍毕业照的那个夜晚。

尾　声

"你看见的到底是辅导员呢，还是教务员？"

他认得那个声音。是同班同学温究一。温究一之所以会这样问，说明已经知道了自己的所为，但是否知道自己是谁呢？他还是决定暂时保持沉默。

"你听到我跟邓老师的对话了吧？我没有把你说出来，当然是因为我把握不大，但是你肯定也在好奇，为什么我会怀疑到你头上吧？原因很简单，小偷再笨，也不会真的做出逃往自己的宿舍、从自己的宿舍离开的蠢事。何况如果犯下连环失窃案的人真的是辅导员，他不一定要往自己的宿舍逃跑，只需跑到别的学生宿舍，假装自己是来查寝的，把偷来的财物污蔑是从那个宿舍里搜出来的就行。毕竟他是正在调查的老师，出现在学生宿舍一点都不足为奇。如果不是他干的，那么他也没有必要为了揪出真凶而模仿犯罪，这不一定有效不说，还有可能给自己徒添麻烦。真正的小偷，也就是你，的确是从上面的宿舍逃走的，不管你是不是模仿犯，都不可能再用万能钥匙打开不是自己宿舍的门。也就是说，当时的宿舍里，有人给你开了门。那个人会是辅导员彭老师吗？他为什么会回宿舍？他事后会不会说出来？所以我就让邓老师去查了，想必她今晚就会带人去搜查吧。但如果不是彭老师，那又会是什么人出现在那个宿舍给你开的门呢？除了彭老师，谁还会有那个宿舍的钥匙？那就只剩下上一个住在那个宿舍里的人——前任辅导员温馨羽老师，和她的同居前男友——教务员董宽老师。那个人没有把你翻栏杆上来过的事情说出来，是因为你也撞见了那个人在已经不是自己的宿舍里做着某些不宜公开的事情，比如栽赃嫁祸。你的一番伪装，让大家认为小偷在万能钥匙断了之后翻栏杆从阳台离开，你可能会觉得，没有人怀疑住在楼上的辅导员吧。大家只会考虑小偷是从左边还是右边离开的，所以只要把案发宿舍的排气扇打开，让大家排除掉往左爬的可能性，就能断定小偷是往右爬走的。我想，过去一系列连环盗窃案真正的小偷，就是住在右边宿舍的学生。这一点我想你也一定是知道的，而且是很久之前就知道了，对吗？周子懿处理过的那张照片，我已经问过他了，你应该也是通过那照片知道真相的吧？"

温究一说得没有错。那个惯犯第一次犯案是在大二那次集体活动的时候，那家伙可能想着跟班上出游，可以给自己提供一些不在场证明吧。至于他上午在辅导员宿舍里见到的人，温究一居然也能猜出来，这家伙的头脑的确不简单。

没错，当他打开辅导员彭冬晴宿舍的阳台门时，看到的却是教务员董宽。

更加巧合的是，彼时的他和董老师两人都是栽赃嫁祸的"犯人"。于是，两人都选择了为对方保密。

他可以理解于和义对彭冬晴的怨恨，却并不知道为什么董宽要这样对彭冬晴。

"老师，刚才于师兄有点过于情绪化了，你完全不用放在心上,他那都是气话——不对,那全是他临时拼凑的谎言。"

少许寒暄过后,他跟彭冬晴说道。

"老师,接下来我说的可不只是安慰,而是实话。于师兄所说的四件事相互矛盾,其实都是可以解释的,并不全都是谎言所致。首先是周子懿说的照片里被抹掉了的辅导员老师,跟易爽当时全程拉着聊天的辅导员老师,根本就不是同一个辅导员。我们当时不是有两个辅导员老师嘛!易爽那边的自然是前任辅导员温馨羽老师,周子懿那边的,是兼职辅导员——于师兄本人嘛!班里多数的同学都叫于师兄'老师',毕竟'兼职'的他的确也算是'辅导员'嘛。所以于师兄所说的第三件事和第二件事并不矛盾。

"接着是第二件事跟第四件事,于师兄认为分组上面有问题,但他忽略了一个人,那就是真正的小偷啊!老师您后来也知道了吧,在我们本科毕业两年后,那个学生因在外犯案被抓了,也供出了自己就是之前的校园连环盗窃案的真凶,而他第一次犯案就是大二活动那天。所以还要减掉1个没有参与分组的'犯人'学生,分组的总人数是33人,刚好能分成3个组。所以第二件事和第四件事并不矛盾。

"再接着是第一件事和第三件事,于师兄也是将错就错,为了伤害老师您。周子懿说照片是劳爱勤发的,而劳爱勤的手机丢失了,这两者并不矛盾,因为周子懿说得并不准确。这当然不怪他,他没有去,所以不知道劳爱勤的手机丢了,而劳爱勤的手机没有设置密码,任何捡到手机的人都可以用她的手机拍下照片然后发过去。但问题来了,一般人捡到一部别人丢失的不设密码的手机,要么报失找失主,要么直接顺走,谁还会拍下一张风景照发群组?只有一个人,那就是某个想利用这个照片给没有参加分组游戏的自己制造不在场证明的人——那个小偷，就是他捡了劳爱勤的手机，拍下的照片。只不过他没有想到，那张照片里故意拍到的自己，最后被周子懿抹掉了，没能当成不在场证明，虽然最后也没用着。所以第一件事跟第三件事并不矛盾。"

他稍微停顿了一下，笑了笑。当时那张照片只发在班干部的群组里，所以只有班干部才知道照片里拍到了什么人，温究一大概就是因此才发现自己的吧。说到这里，他又想起了六年前那个晚上温究一问的最后一个问题。

"——你应该也是通过那张照片知道真正的小偷是谁了吧？我没有其他意思，只是很好奇一点——既然你在大二的时候就知道那个人是谁了，为什么这三年来一直闭口不说，要到大四才来揭发他呢？"

他依旧保持沉默，在角落里暗自笑了笑。

"老师，最后是关于矿泉水导致第四件事和第一件事之间矛盾的问题，只要有一件事里的人说错了，不就解决了嘛？时隔一年多了，为了彰显自己当时总是干着吃力不讨好的活儿，我可能稍微把干的活儿说重了一点，也很正常吧，不算说谎吧？"

他——即前任班长王施涛笑着说。

"这不是显而易见的吗？"

这也是六年前一直沉默不语的王施涛，想对着刚跟邓芳老师讲完推理的温究一说的话。

——如果大二的时候就把小偷的真实身份公之于众，那么等待那个学生的就只有退学的处分。这看着没什么影响，但有可能会打乱王施涛"刚刚好"保研的计划。按照往年，保研一般是成绩排在前面35%的人且排名不能超过35%，班上有38个人，即成绩必须排在总人数前35%的前13.3名内才有资格保研。排在第1名可以保研，排在第13名也可以保研，那么又何必下这么大功夫去挤到第1名呢？在13名保研不是"刚刚好"吗？当然能挤到第11名、第12名就更加保险，但是自己不一定能挤得上去，稳住第13名就好了。但如果那个小偷被逮住退学了，总人数就会变成37人，保研的合格线就会变成37人的前35%即12.95名，即不能落到12名以后，这样第13名的自己就"刚刚好"落榜了。所以，他绝对不能让那个小偷在自己顺利保研、读上研究生之前被捕，只要那个小偷不被抓住，他也无意自找麻烦当这个英雄。但到了快毕业的时候，那个小偷终究犯了错，居然在盗窃现场遗留了徽章，这直接就指向了王施涛这一班的人。小偷一天没有抓住，那么班上的每一个人都有嫌疑。王施涛的计划是读完研究生后报考公务员的选派生，选派生会有极为严苛的审查，到时候万一被问到这件事，就容易为自己的报考蒙上阴影。所以此时他又不得不想办法指出真凶。

这个理由当然不能告诉温究一。因为王施涛知道，那个刚刚好卡在第14名没能反超自己保研的叶芸，是温究一的暗恋对象。

"对了老师，顺便一提，当年在您宿舍放了赃物的人，实际上是教务员董老师哦。"

听到这里，彭冬晴一下子瘫坐在地，曾经他是如此信任董宽……

王施涛赶忙把他扶住。

"他为什么要这样做……"

"这个我也不知道。"王施涛确实不清楚，他倒希望彭冬晴知情后能告诉他，但看起来，彭冬晴似乎也不知道，早知就不告诉他了。

彭冬晴回忆起跟董老师共事过的日子。

——可以的话，我还想跟你换……

以前自以为董老师开玩笑的一句话击中了他。

——如果在四年的同一个合同期内，出现过两次人事异动，那么这个岗位在一段时间内就不能再进行新的招聘了。

——不再招新人而已。通过其他竞聘、轮岗等来人还是可以的……

——还会有校内的老师想来接辅导员的岗吗？

这不是就有一个嘛——董老师。

在大四上学期快结束时，彭冬晴正为转岗的事情烦恼，他也把这件事告诉了董宽。对于董宽来说，他正想轮岗去做更为轻松的书院辅导员，但如果彭冬晴是转岗离开的，那么就是正常调动，不算人事异动，辅导员岗依旧会进行新人招聘，轮不到董宽。所以他必须让彭冬晴像上一任温馨羽那样辞职或者因犯错被解雇才行，于是赶在最后那一天，董宽趁大家都在拍毕业照的时候，用匿名信息引走彭冬晴，然后到其宿舍进行栽赃嫁祸。

彭冬晴感到天旋地转。今晚他受到的打击已经够大的了。过了好一会儿，他才有点回过神来，问向身边的王施涛：

"你为什么把这些事告诉我……"

"老师，实在抱歉，我没有想到董老师会对您造成这么大的打击，我原本只是不想让于师兄的谎言伤害到您而已。至少啊，老师，我想告诉您，于师兄对您说的'没有一个学生站在你这边'的话是不对的，至少我不是这样。"

"你为什么……"

"老师，您还记得吗？我曾经说过，我得好好感谢您。"

"啊……嗯……你没有说为什么……"彭冬晴也记起来了。

"因为没有老师您，我就保不上研呢，自然就谈不上现在的成就了。您应该听说过吧，我最后是因为一个篮球比赛冠军的文体加分才保住了保研线的排名，那场比赛的过程真是波折啊，直到最后一球才决出胜负，又是一场'刚刚好'赢下来的比赛呢。在对手投出可能反超我们的最后一球前，球被我扇出了界，滚出了场。他们本来想叫一个看起来像学生的人帮忙捡一下球，但那个人听到之后并没有理会他们，任由球滚向了一个泥潭。虽然临时洗了洗，但就是沾上的那一点泥土，让对手在出手的那一刻打滑了，球没有投进，我们队顺利地拿下了胜利，我也顺利拿下了那一分至关重要的保研文体加分。所以我非常感激那位没有帮忙捡球的人。老师，那个人就是您呢！"

——喂！同学，帮忙捡一下球！

多年前的这句话开始在彭冬晴的脑海中回荡。

"至于刚才为什么于师兄会对您如此恶言相对，我想他没有其他恶意的，只是单纯因为，他嘛，就是手打滑了没能投进那一球的人。"

此时，正在举行婚礼的大堂里传来主持人的声音——

"各位追寻幸福的男女宾客们可以都到台上来，我们的新娘子马上要开始抛花球了!"

彭冬晴靠在墙边,透过玻璃门看着大堂里涌上台的人群。

身穿白裙子的新娘背过身去,三声倒数后,向身后抛出一个完美的抛物线。

像极了那个偏出篮筐、滚向自己的命运之球。

图书在版编目（CIP）数据

当我打开辅导员宿舍的门，看到的却是教务员 / 马龙先生著 . -- 北京：新星出版社, 2025.7. -- ISBN 978-7-5133-6094-4

Ⅰ. I247.5

中国国家版本馆 CIP 数据核字第 2025E8Z382 号

午夜文库
谢刚 主持

当我打开辅导员宿舍的门，看到的却是教务员
马龙先生 著

责任编辑 　王　萌
责任校对 　刘　义
责任印制 　李珊珊
装帧设计 　hanagin

出 版 人　马汝军
出版发行　新星出版社
　　　　　（北京市西城区车公庄大街丙 3 号楼 8001　100044）
网　　址　www.newstarpress.com
法律顾问　北京市岳成律师事务所
印　　刷　河北尚唐印刷包装有限公司
开　　本　910mm×1230mm　1/32
印　　张　6.875
字　　数　90 千字
版　　次　2025 年 7 月第 1 版　2025 年 7 月第 1 次印刷
书　　号　ISBN 978-7-5133-6094-4
定　　价　52.00 元

版权专有，侵权必究。如有印装错误，请与出版社联系。
总机：010-88310888　　传真：010-65270449　　销售中心：010-88310811